裏切られた黒猫は幸せな魔法具ライフを目指したい

①

シオン
精霊に愛される魔力を持った愛し子。
天使のように優しげな美青年だが、中身は真っ黒な腹黒。
クルミが必死になっている姿を見て楽しんでいる根っからのいじめっ子気質。
クルミ
魔女だった記憶を持つ不幸体質の女子高生。
地球から前世の世界に転移してくる。
自分が初代女王として建国した、ヤダカインの現状を気にかけている。
登場人物紹介

リディア
時と空間の精霊で、十二の最高位精霊の一人。
穏やかな性格だが、好奇心旺盛なところもある。
クルミとは前世の頃からの知り合い。
ナズナ
クルミが作った使い魔。
関西弁で話す陽気な性格のぽっちゃりオカメインコ。
クルミに頼んで作ってもらった魔法具を着けている。
アスター
シオンの護衛。彼の幼馴染でもあり、心許せる数少ない相手。
世話好きで、クルミからは「オカン」呼ばわりされている苦労人。
リラ
十二の最高位精霊の花の精霊。
恥ずかしがり屋で、人目を避けるためすぐ土に埋まろうとする。

裏切られた黒猫は
幸せな魔法具ライフを目指したい
1

Contents

プロローグ

とある夜の真っ暗な部屋の中。

あるのは手元にある小さな蝋燭《ろうそく》の火だけ。

その小さな灯《あか》りだけを頼りに、彼女……クルミは黙々と作業していた。

今日こそはことを成し遂げんとするその目はギラギラと輝いていた。

この日のために徹夜で準備もした。

きっといけるはずだと、自分自身に言い聞かせる。

ベッドにはそこで寝ているかのようにクッションを詰め、拝借《はいしゃく》したシーツを縦にいくつも裂いて端と端を結び、一本のロープのようにした。

準備は万全《ばんぜん》。

クルミは蝋燭の火を消し、隙間《すきま》なく閉められたカーテンからそっと外を覗《のぞ》くと、いるわいるわ。

クルミを監視する悪魔達が。

実際は神のごとく崇《あが》められる存在なのだろうが、自分の行く手を邪魔《じゃま》する奴らは悪魔同然。

それ以上にたちの悪い魔王もいるが、今頃奴は宮殿内で行われているパーティーに出席していて忙しい。

ならば後は目の前の悪魔達をなんとかするだけ。

そのための対策は考えてある。

時計を見ていて、その時間が迫っていることを確認する。

カチカチと秒針が進む度《たび》に心臓の鼓動が強くなるのを感じる。

「三、二、一……」

その瞬間、ドーンと空に大輪の花が咲いた。

『わー、スゴーい』

『なになに？』

『花火だー』

『見にいこー』

予想通り、花火に気を取られた悪魔達が一斉に向かっていく。

いなくなったのを確認したクルミは、ニヤリと笑って窓を開け、テラスの手すりに先程作ったロープをくくり付ける。

周りに奴らがいないことを再確認して、クルミは慎重にロープを下りていった。

地面に足をつけると、ほっと一息吐《つ》く。

そして、次の瞬間には走り出した。

時々巡回する兵士をやり過ごし、クルミは一目散《いちもくさん》に走り抜け、宮殿の裏庭まで来た。

庭と言っても、それは森と言って問題ない広大な広さがあり、たくさんの木々に覆《おお》われている。

ここまで来れば、この暗闇《くらやみ》だ。兵士に見つかることもないだろう。

クルミは、暗視《あんし》の魔法を使っているので暗闇でも問題ない。

悪魔達も今なお上がっている花火に気を取られて、クルミが部屋にいないことにも気付いていないはず。

この森を抜けさえすれば、後はクルミが事前に見つけていた抜け道を通って外に出られる。

すると……。

「ふははは、やったわ。やっとあの魔王を出し抜いてやったわよ！」

そう高笑いしたところで、何故《なぜ》か急に右足が重くなった。

嫌な予感がして恐る恐る右足を見ると、じっとこちらを見る悪魔が一人。

「ぎゃー！」

思わずクルミは叫んだ。

「いつの間にっ」

『駄目《だめ》なのー』

「私のことはほっといて」

そんなやり取りをしていると、右足にくっついている悪魔から情報が回ったのか、他の悪魔達も駆け付ける。

幼児のような姿をした小人だが、その可愛《かわい》い姿に騙《だま》されてはいけない。奴らは恐ろしい存在なのだ。

『あっ、いたよー』

『逃げてるー』

『捕まえろー』

『おー』

そうして、ビタンビタンとクルミに張り付いてきた悪魔達により身動きがとれなくなる。

「は～な～せ～」

『だめー』

「駄目じゃない。今日こそ私は自由になるんだ」

『シオンが怒るよ～』

「そうならないために逃げるのよ！」

体にたくさんの悪魔達を張り付けたまま、それでも諦《あきら》めの悪いクルミは一歩また一歩と歩みを進める。

と、そんな時……。

「まったく、クルミはまた逃げたのかい？」

ドキンっと、クルミの心臓が跳《は》ねる。

それは聞きたくなかった人の声。

顔を引《ひ》き攣《つ》らせながら後ろを振り向くと、クルミが絶対に会いたくなかった悪魔達の親玉、魔王がにっこり微笑《ほほえ》んでいた。

「わあぁぁ、離してぇぇ」

最後の悪足掻《わるあが》きをするクルミをひょいと持ち上げた魔王……もとい、クルミが逃げたくて仕方ない相手のシオンだ。

「離して～！」

「まったくいちいち迎えに来る僕の苦労を考えてよ」

「迎えに来いなんて言ってないでしょうが！　いったいどうしているのよ。パーティーは？」

「今回は色々と小細工したみたいだけど、僕には意味なかったね」

「むかつく！　その残念な子を見る目で見るなぁ」

目を吊り上げて怒りに怒りまくるクルミと、見た目は天使のような笑みを浮かべたシオンは対照的だった。

「いい加減諦めたらいいのに。精霊達の目をかいくぐれるわけないのにさ」

「諦めるわけないでしょう！　たとえこの悪魔達がいようとも」

「悪魔なんて可哀想《かわいそう》に。可愛い精霊じゃないか」

「私には悪魔にしか見えない……」

毎度毎度追いかけられていたらそう思うのは仕方がなかった。

そんなクルミにシオンはやれやれというように溜息《ためいき》を吐く。

「何が不満なのかなぁ」

「私は外で自由に生きたいのよー！」

「ダーメ。クルミは僕のなんだから」

「あんたのものになった覚えはない」

「僕のだよ。クルミを拾ったのは僕なんだから」

「あぁぁ、なんでこんなことになったの？　ここまで不幸か私の人生。神様のアホー！」

「はいはい、おうちに帰ろうね」

こうして、クルミが宮殿に連れてこられてから通算二十六回目の逃亡劇は幕を下ろした。

魔王に捕獲されながらクルミは思うのだ。どうしてこんなことになってしまったのかと……。

第1話　ここではない世界

元々は日本の高校に通っていたクルミ。

黒目黒髪の日本人らしい平凡な容姿で、ごくごく普通の女子高生だった。

箸《はし》が転んでもおかしいお年頃だ。

だが、今のクルミはとても笑えない状況にあった。

付き合って一年になる彼氏の浮気が発覚したのである。

「許すまじ。あいつらぶち殺す」

人ひとり殺しそうな危ない目つきで、お弁当の肉団子に箸を突き刺した。

そんなクルミの正面に座っていた友人のなっちゃんこと棗《なつめ》は、必死でなだめる。

「まあまあ、落ち着いて」

「なっちゃん、これが落ち着いていられると思ってるの⁉　よりによって相手は春菜《はるな》なのよ！」

春菜というのはクルミの友人の一人だった。

女の子らしい守ってあげたくなるような可愛らしい容姿に、人懐《ひとなつ》っこい性格。

だが、以前からあまりよくない噂《うわさ》があった。友人の彼氏を奪うというよろしくない噂が。それ故《ゆえ》に彼女には、女友達と言えるのはクルミぐらいしかいなかっただろう。

周りの子達にも付き合いを止《や》めた方がいいよと言われたりしたが、クルミは噂なんかで人を決めるのはよくないと、春菜との付き合いは止めなかった。

そしたらどうだ。見事に彼氏を奪われた。

確かにちょっと男子に対しても距離が近いなとは思っていたのだ。クルミという彼女がいる彼氏に対してもボディタッチが多かった。

デートだというのに付いてきたり、彼氏と二人でいると、どこからともなく現れては話に加わったり。

思い返せば色々と引っ掛かることはあった。

「あの女、最初っから奪うつもりだったのよ。それにのこのこ付いていく方もいく方だけどね」

二人揃《そろ》って手を繋《つな》いで仲良く別れを告げに来た時は、地面に埋めてやろうかと本気で思った。

その場で彼氏への想《おも》いは冷め、春菜には絶縁を叩《たた》き付けてやったが、クルミの腹の虫はおさまらない。

「まあ、春菜って可愛いもんね。あんな子に迫られたら落ちちゃうか」

「なっちゃんはどっちの味方なの⁉」

ダンっと机を叩くと、慌《あわ》てたように棗がフォローを始める。

「もちろんクルミだよ。浮気は駄目だよね、うん。全面的にあの二人が悪い」

「でしょう⁉」

「うんうん」

「絶対に奴らは許さない」

「は、犯罪だけは起こさないでね……」

そう棗が思わず忠告してしまうほどには危険な目つきをしていた。

「そう思うなら、今日の帰りにパンケーキ食べに行くの付き合って。こうなったらヤケ食いよ！」

「あっ、ゴメン。今日は彼氏とデートなの」

即断られてクルミは涙がちょちょぎれそうだ。

「なっちゃぁぁん！　あなたは傷心の友人と彼氏、どっちが大事なのぉぉ⁉」

「えっと……彼氏」

クルミは、ガクッと崩れ落ちた。

少し考える間があっただけましなのかもしれない。即答されるよりは。

棗はつい最近彼氏と付き合い始めたところで、今が一番ラブラブな時なのだ。

今日とて本当は彼氏と昼ご飯だったのを、泣きついて無理やり付き合わせたようなものだった。

仕方ないと諦めたクルミは、授業が終わると一人カラオケで熱唱し、パンケーキ三段重ねをヤケ食いした。

最後にバッティングセンターで思いっ切り打ちまくり、ちょっと怒りが昇華《しょうか》されたような気がした。

もう、後は奴らの不幸を神に願うしかない。

まったくどうしてこんなことになってしまったのか。

周りの忠告を聞いて、春菜と縁を切っておけば違った今があったのだろうかと考えてしまう。

思えばクルミの短い人生は不幸の連続だった。

はっきり言って、クルミの生まれた家庭環境からして悪かった。

幼い頃から両親は喧嘩《けんか》の毎日。

罵詈雑言《ばりぞうごん》の声がクルミの子守歌代わりだった。

さらに両親のダブル不倫も発覚。

どうやらお互いに探偵を雇って調べたらしい。

その辺りの詳《くわ》しいことを何故知っているかというのも、クルミがいても所構わず言い合いをする両親の言葉から分かったことだ。

そして、互いに相手がいながらどうして離婚しないのかというと、クルミが原因だった。

どっちが親権を取るか。それが離婚できない一番の要因だった。

どちらもクルミの親権を欲しがっての争いなら幸せなことだったが、残念ながら二人ともクルミを引き取ることを嫌がったのだ。

「お前が母親なんだから、お前が引き取れよ！」

「母親だからってどうして引き取らなきゃ駄目なのよ。私は嫌よ、あんな気味の悪い子」

「俺《おれ》だっているかっ」

なんてことを、平然とクルミに聞こえるのも構わず言うのだから、両親は親としてはクズかもしれない。

どうしてこんな家に生まれてきてしまったのかと、クルミは両親の喧嘩を目にする度に思うのだ。

だが、少し自分も悪かったなと思うことがクルミにはあった。

それは……クルミにはここではない別の世界の記憶があることがそもそもの始まりだ。

いわゆる前世の記憶というやつなのだが、そこでクルミは魔女と言われていた。

ちなみに男性でも呪術《じゅじゅつ》を使える者は魔女と言われていた。女性が圧倒的に多かったので一緒くたにされたのだろう。クルミの前世は女性だったが。

そこでは魔法があり、精霊がいて、獣人《じゅうじん》と言われる人間以外の種族がいた。

クルミはその前世では呪術の研究をしており、研究により生み出した、記憶を次の生に引き継ぐ呪術を行使した。成功するかどうか分からない術だったが、クルミは無事に記憶を引き継いだ。

だが、生きてきたあの世界ではなく、魔法の存在しない地球で生まれ変わったのは想定外だった。

こんな話をしたら病院に連れて行かれるか、精神病院に行けと言われるかもしれないが、確かにあの世界は存在したのだ。

それを証明するように、この地球にも精霊は存在している。

あっちのおじさんの頭にも、車の上にも、電線に乗る雀《すずめ》の隣にも。精霊はありとあらゆる場所にいる。

だが、その存在を視認《しにん》できる者はこの地球にはいなかった。

いや、もしかしたらこの地球のどこかにはいるのかもしれないが、あいにくとクルミは会ったことがない。

そんな普通の人には見えない精霊をクルミは見ることができた。

あちらの世界では特に珍しい存在ではなかった精霊。

むしろ、あちらの人々は精霊に力を借りて魔法を行使していたぐらい誰もが知る存在だった。

けれど、こちらでは魔法も精霊も普通は見ることのできない空想の存在。

クルミはまだ前世の記憶が戻りきらない幼い頃、よく精霊のことを口にしていた。

記憶が戻っていないので、精霊という存在のことも、それが普通の人間には見えないもので、見えることの方がおかしいのだということも分からず、両親に疑問をぶつけていた。

「あれは何?」

「あの小さな羽の生えた子達はなんていうの?」

無知だからこその疑問だった。

もし、その時すでに記憶が戻っていたらそんなことは聞かなかっただろう。

人は分からないことを恐れる。

皆と違うことに拒否反応を見せる。

結果、両親はクルミを気味の悪い子として認識した。

クルミが前世の記憶を完全に取り戻し、精霊は普通の人間には見えないことを理解した頃には遅かった。

どうにか取り繕《つくろ》ったりもしたが、両親はクルミを完全に奇異《きい》な存在とした。

自分の子供と認めるのも嫌悪《けんお》するほどにクルミを嫌がったのだ。

幸い虐待《ぎゃくたい》をするような人達ではなかったが、我が子への愛情はごっそりなくなってしまったようだ。

まあ、仕方がないかと、達観していられたのは前世の記憶のおかげだ。

前世でも魔女は異端者《いたんしゃ》扱いされていた。

よくよく思い返せばその頃から不幸続きだった気がする。

前世でも亡《な》くなったのは早かった。

そう、今のクルミと同じ年齢ぐらいまでしか生きられなかったのだ。

しかも、その死因が殺人という残酷《ざんこく》さ。相手は姉のように慕っていた弟子だった。

前世では異端者扱いされた上に信頼していた者に殺され、今世《こんせ》では家族愛にも恵まれなかった上に、彼氏を寝取られ……。

そんなことがあったクルミは軽く人間不信だ。

自分は神様に何か嫌われるようなことをしただろうかと、生まれ変わったクルミは何度思ったことか。

それでも、元々の性格が図太《ずぶと》いクルミは、多少ひねくれたものの元気に育った。

両親に対しても多少悪いと思っているのだ。念願の子供がこんな異世界人だなんて思わないだろう。せめてもっと早くに記憶が戻っていたら子供らしく振る舞うこともできただろうに。

しかし、クルミとて別の世界に生まれるとは思わなかったのだから仕方ない。

前世で親交のあった精霊から、基本的に魂はその世界で循環《じゅんかん》すると聞かされていた。だから、当然生まれるのも同じ世界だと思っていたのだ。

まさか魂がこちらに転移するとは思っていなかった。

だが、まあ、一応友人もいるし、こっちはこっちで楽しく過ごしている。

……けれど、時々思い出す。

あの世界の風景を。

そんなことを考えていると、記憶から抹消《まっしょう》したい奴らが前から歩いてきた。

向こうもクルミに気付いたようで、男の方は顔を強張《こわば》らせている。

そんな反応をするなら、浮気などせずにしっかりと別れてから付き合えば良かったのだ。

別れた後ならクルミとて文句は言えなかった。

「あっ……クルミ」

気まずそうに視線を彷徨《さまよ》わせている目の前の男は、クルミの元彼。

そして、そんな元彼の腕にべったりとしがみ付いているのは、その彼氏を奪った元友人の春菜だ。

「あー、クルミちゃんだ。クルミちゃんも寄り道？」

気安く話し掛けてきた春菜に、クルミの目が据《す》わる。

よくもまあ、彼氏を奪っておきながら笑顔で挨拶《あいさつ》ができたものだと感心する。

無視をしてその場を通り過ぎようとしたが……。

「ゴメンね、やっぱり怒ってるよね？」

しゅんとしおらしく落ち込む春菜に対し、クルミのこめかみに青筋が浮かぶ。

いけしゃあしゃあとよく言えたものである。

その瞬間、戦いのゴングが鳴った。

「怒ってないとでも思ったの？　そうだとしたら随分《ずいぶん》とおめでたい頭をしてるわね。さすが友人から男を寝取れる女だわ」

「おい、そんな言い方ないだろう？」

元彼の方が何か吠《ほ》えていたが、ギロリと睨《にら》み付けると視線をそらした。

度胸もないくせに口を挟《はさ》むべきではない。

「彼を怒らないで、悪いのは私なのっ」

庇《かば》っているつもりかしらないが、クルミの目をさらに冷たくさせるだけだ。

「当たり前でしょう。そんなの最初っから分かってることじゃない。友達の彼氏と知っていながら言い寄る女が悪いのは古今東西どこでも同じよ。だけど、それに惑《まど》わされて落ちる男も大馬鹿《ばか》でしょうが」

「そんな、言い寄るだなんて……。ただ好きになっちゃっただけなの。それはそんなに悪いことなの？」

「普通は友達の彼氏と思ってたら手は出さないんじゃないの？　お互いに。たとえ好きになったとしてもちゃんと関係を清算してから付き合うのが礼儀でしょ」

二人の顔を交互に見ながら語尾を強くする。

何故か春菜の方が目をウルウルさせて泣きそうにしているのが癪《しゃく》に障《さわ》る。

被害者はこっちだろうに。

「悲劇のヒロインぶるの止めてくれる？　加害者はあんた達の方なんだから」

「そんなこと言わないで。酷《ひど》いことしたのは分かってる。でも私はまだクルミちゃんのこと友達と思ってるから応援してほしいの」

「はあ⁉」

思わず心の底から、この女マジかと思って声が出た。

「人の彼氏奪っておいて友達なんてよく言えたわね」

「奪ったわけじゃ……。好きになっちゃったの。好きすぎてこの気持ちを抑えられなかったの」

「春菜……」

何故か感動している元彼。

「クルミは、まだ俺を好きなんだよな。だからそんな厳しいこと言うんだろ？　けど、俺は春菜が好きなんだ。好きな俺の幸せを思うなら春菜をこれ以上傷付けるな。それは俺が許さない！」

「あっ、そう」

ドヤ顔する元彼に、あっさりした言葉を返す。

男としてキメたつもりなのだろうが、寒くて鳥肌が立ってきた。

なにやら二人して盛り上がっているようだが、クルミの心はこれ以上なく冷めている。というか目が覚めた。

この男を奪われてなにを未練《みれん》たらしく怒りを覚えていたのか。

こんな簡単に浮気をする奴はきっとまたいつか浮気をする。

それか、春菜が次のターゲットを見つけるのが先か……。

どっちにしろ、クルミの中で一生関わり合いになりたくない人間に落ちたのは確かだ。

むしろ、この男をもらってくれてありがとうと思おう。

そう考えたら、なんだか怒っていたのが馬鹿らしくなった。

「じゃあ、そういうことならお二人ともお幸せに～」

「認めてくれるのか」

「嬉《うれ》しい、クルミちゃんなら分かってくれると思った」

後ろで二人が何か言っていたが、右から左に流れていった。

家に帰ると、真っ暗な誰もいない部屋。

いつも通りの我が家だ。

「ただいま」

そんなことを言っても返ってくる言葉はない。

ここ最近は滅多《めった》に両親の姿を見ないし、帰ってきたと思ったら喧嘩している場面しか見ない。

一応お金は置いてくれているので、飢えることはないのがせめてもの救いだ。

だが、やはり家に一人でいると時々無性《むしょう》に虚《むな》しくなる時がある。

自分はこんな所で何をしているのかと。

そもそも前世の記憶を残すように術を施したのは、生前に研究していた魔法具に関する研究成果を来世に引き継ぎたいと思ったからだ。

だが、科学が発達し、電力をエネルギーとして成り立つこの世界で、魔力で動く魔法具の知識を持っていたとしても宝の持《も》ち腐《ぐさ》れ。

前世では研究三昧《ざんまい》の生活だった。

それが楽しくて、唯一の趣味といってもよかったが、この世界で魔法具の研究をするわけにもいかない。

精霊が見えるのは魔力がある証拠。

だからクルミは魔法が使えるはずだけれど、科学の発達した世界で魔法なんて使おうものなら、この世界でもクルミの居場所はなくなってしまうと思うと怖くて使っていない。

この世界に娯楽《ごらく》はたくさんあるが、一番の楽しみだった研究を取り上げられた今の生活は幸せかと言われると首を傾《かし》げてしまう。

「帰りたいな……」

あの懐かしい世界に。

魔法のある不自由な世界に。

この世界は便利で楽しみもたくさんあるけれど、クルミの心を満たしてくれるものはこの世界にない。

もう前世で生きた年齢に達してしまったが、自分がいるべき場所はここではないと叫ぶもう一人の自分が心にいる。

「帰りたい」

自分が自分らしくいられるあの世界に。

帰りたい……。

そう強く思ったその時。

カッと足下が光る。

「えっ、何⁉」

動揺《どうよう》するクルミの体を光が包み込む。

目も開けられない光に飲まれ目を瞑《つぶ》ったクルミは、直後、めまいのようなものを感じて座り込む。

光が収まったのを感じて目をゆっくりと開けると、クルミは木々が生い茂る森の中に座り込んでいた。

「……はっ？」

クルミは意味が分からず、しばらくポカンとした顔で座り込んだままだった。

第2話　森の中で

しばらく呆然《ぼうぜん》としていたクルミだったが、少しずつだがようやく頭が回り始めた。

先ほどまで玄関にいたはず。

けれど、今は木々に囲まれている。

夢か？

疲れて夢でも見ているのか？　と思ったが、手で触れる地面の草の感触は生々しい。

それに匂いだって森の草木の匂いがした。

夢と言うにはあまりにも現実的な感覚がありすぎる。

いったいこれはどうしたことか。

とりあえず立ち上がって足に付いた汚れを払う。

家の中に入る前で良かったかもしれない。

おかげでまだ靴を履《は》いていたのは幸いだった。

すぐ側には鞄《かばん》も落ちていたので、それを拾って周囲を見渡す。

人っ子ひとりいない森の中。試しに鞄に入っていたスマホを取り出して現在地を確認しようとしてみるも圏外の文字。

がっくりと肩を落とし、スマホは制服の胸ポケットにしまう。

「ここはどこなのよぉぉ！」

クルミの疑問に答えてくれる者は当然いない。

これからどうすべきか、必死で考える。

急に森の中に移動することなどあり得るのか。

最後の記憶はまばゆい光とめまいのような感覚。次の瞬間には森の中。

あまりに現実離れしていたが、クルミは普通の女子高生ではなかった。

地球ではない世界で生きた記憶を持つ魔女だった。

「……まさか、帰ってきた？」

確信があるわけではなかった。

けれど、前世で親交のあった精霊から、時々違う世界からやってくる者がいると聞いたことがあったのだ。

地球の漫画やアニメならよくある異世界転移。

それが実在することを知っていた。

それが理由だというならこの状況も納得できるが、あいにくと判断材料がない。

異世界に転移したとして、自分が前世で生きていた世界なのか、はたまたまったく別の世界なのか。

世界がいくつもあるのかとか、そういうことまで聞いていなかった前世の自分を責める。

何故もっと詳しく聞いておかなかったのかと。

前世で生きていた世界ならなんとかなる自信があるが、まったく別の世界となるとすごく困った事態になる。

「と、とりあえず森を出よう。人がいるところまで出ないとどうにもならないわ」

そう決めたものの、どっちへ行けばいいか分からない。

高い木に囲まれているから全部同じ景色だ。

遭難という嫌な言葉が頭に浮かぶ。

せめて目印さえあれば……。

特に高そうな木の前まで来ると、上を見上げる。

これを登れば少しは周りの風景が見えそうだ。

けれど問題なのは、これを登れるほどの力が普通の女子高生にあるとは思えないこと。

クルミは少し考えた末に、制服のスカートの下に、鞄に入れていたジャージのズボンを穿《は》き気合いを入れた。

「いっちょやってみるか」

これまでいっさい使ってこなかった魔法。

ここには誰もいないので見られる心配をする必要もない。

生まれ変わって初めて、クルミは魔法を使ってみることにした。

目を瞑って体の中を巡る魔力を感じ取る。

そこに確かにある力を意識しながら手と足に移動させ、強化させせる。

大きく一呼吸すると目を開け、足に力を入れてジャンプした。

只人《ただびと》なら決して跳べない高さを軽々と跳び、枝を掴《つか》み、さらに上へ上へと跳んでいく。

自身の魔力を対価に精霊の力を借りて行使される精霊魔法ではなく、自身の魔力のみを使って身体能力を強くする強化魔法だ。

己《おのれ》の魔力を使った魔法は精霊魔法以上に魔力制御《せいぎょ》が難しい。

しかし、前世ではクルミの得意とした魔法だった。

まあ、それもそうならざるを得ない理由があったからだが……。

息を吐くように自然に強化した体で、ひょいひょいと猿顔負けの速さで木の上まで登ったクルミは、辺りを見回す。

どこまでも続く緑色の景色。

「うーん、思った以上に大きい森だなぁ」

町や村は見えない。

「せめて目印があれば……」

周囲をキョロキョロと見回していると、地球でも見慣れた精霊がふよふよと呑気《のんき》に目の前を飛んでいるのを見つけた。

クルミはこれ幸いと、迷わず精霊をわし掴みにした。

『きゃー、ひとさらいぃー』

「人聞きの悪い！　ちょっと聞きたいことがあるんだけど、ここは……」

『やだ』

質問が終わる前に拒否る精霊に、切羽詰《せっぱ》まっているクルミは握り潰《つぶ》してやろうかと心の中で悪魔が囁《ささや》いたが、そこは理性を総動員して押し止めた。

可愛い姿をしているが、精霊は怒らせると国ぐらい簡単に壊してしまうほどの力を持っているのだ。怒らせるのは得策ではない。

まあ、虫のように捕まえた時点でギリギリ怪《あや》しいのだが。

クルミはポケットからスマホを取り出し、ストラップにしていた猫の形のスクイーズを外して精霊に見せた。

「これと交換でどう?」

『なにこれー?』

「スクイーズって地球の玩具《おもちゃ》」

『わー、初めての触感』

精霊は何度も触っては感触を確かめている。

「面白いでしょ?」

『これくれるのー?』

「私の質問に答えてくれたらね」

『答える~』

どうやら精霊のお気に召したようで、ほっとする。

「人がたくさん住んでる所に行きたいの。できるだけ近場で。どこか分かる？」

『えっとねー、あっちー』

精霊が指を差した方向を確認する。木がたくさんで分からないが、精霊は嘘《うそ》をつかないので信用していいだろう。

「あともう一つ。ここは地球じゃないわよね？　この世界にいる最高位精霊は十二？　時の精霊リディアはいる？」

突然そんなことを聞いたのは、クルミの前世では世界に精霊がおり、精霊には位があったからだ。下位、中位、上位、そして最高位。その最高位には十二の精霊しか存在しておらず、その最高位の精霊の中には時と空間を司る時の精霊というのがいた。その精霊の名をリディアと言った。

『うん、いるよー』

「……分かった、ありがとう。はい、これ」

『わーい』

精霊にお礼のスクイーズを渡すと喜んでどこかへ飛んでいった。

本当はもっと聞きたいことがあったが、これ以上質問攻めにして精霊の機嫌を損《そこ》ねるのはよろしくないので諦めた。

「時の精霊リディアがいる、か……。ってことは、やっぱりここは前世の世界……」

時の精霊リディアとは、前世のクルミと面識があった精霊だった。

その精霊がいるということは、前世の世界である可能性が高い。

とりあえず、知らない世界でなかったことは僥倖《ぎょうこう》だった。

けれど、クルミが生きていた時代からどれだけの時間が経《た》っているか分からない。

その辺りのことを先程の精霊に聞こうかと思ったが、精霊は寿命がないので時間の感覚が人とは大きく違うのだ。

精霊にとって一年も百年もたいして変わらない。聞いたところで正確な時を聞き出すのは難しいだろうと質問はしなかった。

「まずは人里を目指すか」

精霊の指差した方向へ向かうことにした。

けれど、普通に歩いていてはいつ辿《たど》り着くか分からない。

足だけを身体強化し、鞄を持ってクルミは走り出した。

今が何時か分からなかったが、できるだけ日があるうちに人里に行きたかった。

夜になれば街灯もない森の中は真っ暗になり、身動きがとれなくなる。

この世界がクルミの知る世界なら、地球にはいなかった魔獣《まじゅう》といわれる凶暴な生き物がいるはず。

そんなのと夜に出会いたくはない。

幸い少しだが水と食料は鞄に入っていた。

家に帰る前にコンビニで夕食やお菓子やら色々と買いだめていたのだ。

あの時コンビニに寄った自分を心から褒《ほ》めたい。

けれど、何日分もあるわけではないので、早く食料を調達できなければこの森で行き倒れる。

そうなる前に人のいる場所に辿り着かなければ。

魔力がどこまで保《も》つか、今のクルミにはそれが心配だった。

「くぅ、精霊魔法が使えたらひとっ飛びするのに」

精霊魔法は魔力を対価として精霊に力を貸してもらう魔法だ。

しかし、精霊は気まぐれな性格の上、好き嫌いが激しい。

魔力には質があり、精霊の気に入る魔力の質をしていれば精霊はたくさん力を貸してくれるが、嫌いな魔力の質をしていたら力を貸してはくれない。

クルミの魔力の質はあまり好みではないようで、十回使ったうち三回成功すればいい方だった。

風の精霊に力を借りられたとして、空を飛んでいる途中で『やっぱりやーめた』などと言って魔法を止められてしまったら、クルミは真っ逆さまに落ちてしまうことになる。

なので、今精霊魔法を使うのはリスクが大きすぎた。

その点、身体強化は己の魔力を使って発動する魔法なので、魔力さえあれば使い続けられる。

つまり、今もっとも信用できるのは己だけということだ。

時々枝や草に邪魔されながらも、オリンピック選手も真っ青の速さで森の中を疾走《しっそう》する。

「きっと地球で強化魔法を使ってたらオリンピックで金メダルも夢じゃなかったのになぁ」

まあ、クルミは目立つことが好きな性格ではなかったのでそんなことはしなかったが、オリンピックにでも出ていたら両親からの目も少しは違っていただろうかと不毛なことを考えた。

けれど、それも今さらだ。

本当にここが異世界ならば、地球に戻る術《すべ》はない。

来ることができるなら戻ることもできるのではないかと思うが、地球からこちらへは来られても、こちらから地球へは行けないものらしい。

そう前世で精霊に教えてもらっていたクルミは戻れないことを理解していたが、特に悲しみは浮かんでこなかった。

むしろ、生まれて初めてかもしれないほど気分が高揚《こうよう》している。

自分が生きていた世界。

もう戻れないと諦めていた場所。

クルミとして地球で十八年生きてきたが、クルミにとっての故郷は前世での世界なのだと実感する。

なんだか抑圧《よくあつ》されていた色々なものが解放されたような心の軽さを感じた。

けれど、喜んでばかりもいられない。

なにせ今のクルミは森で遭難中なのだから。

一心不乱に駆ける。

もうどれだけ経ったか分からないが、数時間は走り続けている。

そろそろ日も傾き始めていて、クルミに焦《あせ》りが出始める。

森の中で夜を明かすことも覚悟しなければならないかと思った頃、急に視界が開けた。

急ブレーキをかけたクルミは立ち止まって確認する。

「道だ」

そこは人が通る道のようになっていた。

クルミがこれまでいた場所のように舗装されてもいない土だけの道だが、そこには誰かが通っただろう足跡と、車輪の跡のような轍《わだち》があった。

ようやく見つけた人の痕跡《こんせき》に、クルミは少しほっとする。

この道を行けば、いずれは人のいる所へたどり着くだろう。

少し休憩しようと、道の脇に座って、鞄からお茶の入ったペットボトルとおやつのチョコレートを取り出す。

お茶をゴクゴクと飲んで一息吐き、チョコレートを口に放り込む。

「だいぶ来たと思うんだけどな……」

精霊に示してもらった方向へちゃんと進んでいたらの話だが、こうして人が通った跡があるということはそう遠くない所に町か村があるはず。

しかし、いかんせん地図アプリなんて便利なものは使えないので、後どれくらいで人のいる場所に着くか分からない。

「はぁ、私が愛《いと》し子《ご》ぐらい精霊に好かれてたらこんな苦労しなかったのに……」

愛し子とは、特別精霊に好かれる体質の者のことを言う。

基本頼まれなければ力を貸さない、それも好みの魔力を持つ者限定という精霊が、頼まれずとも手を貸してしまうほどに好意を持つ存在。それが愛し子だ。

愛し子のためなら精霊は我も我もと手を貸し、愛し子を害する者には徹底的な報復を行う。

愛し子が理由で滅んだ国さえあるぐらいだ。

あんまり好かれていないクルミとは正反対の存在だが、そんな特殊な存在はそもそも滅多に現れない。

けれど現れたら、たいていは国に取り込まれてしまう。

それは保護をするためだが、保護を名目に危険人物を隔離《かくり》しようという権力者の思惑《おもわく》もあるのだろう。

天然記念物よりも珍しい愛し子だが、クルミは前世で愛し子の知り合いがいた。

前世としても昔のことだ。

冗談《じょうだん》を言い合って、喧嘩して、一緒になってふざけた。

ひだまりのように、その場を温かく照らす笑顔がクルミの脳裏《のうり》を過《よぎ》った。

「さすがにあいつは生きてないかな……」

あれからどれだけの時が経ったのだろうか。

前世で残してきた国や人達はどうしているだろうか。

色々な思いがクルミの中を駆け巡る。

目を閉じれば数日前のことのように鮮明に思い出される記憶。

辛《つら》く、楽しく、そして悲しい記憶。

少し、ほんの少し記憶を引き継いだことを後悔しそうになった。

クルミは両手で頬《ほお》を叩き、気持ちを入れ替える。

「駄目だ駄目。疲れてるせいで余計なこと考えちゃう。早く人のいる所へ行こう」

そうして、重い腰を上げ、再び身体強化をしようとした時。

遠くからガラガラと音が聞こえてきた。

段々と近付いてきた音に、クルミは大きく反応する。

道の先を見ると、馬車がこちらへ向かってきていた。

クルミは表情を明るくし、「おーい」と馬車に向かって手を振った。

第3話　帰ってきた世界

「クルミちゃん、ビスケット食べる？」

「いただきます〜！」

「いい返事だね。さあ、お食べ」

そう言っておばあさんが差し出してくれたビスケットを手に取り、口の中に入れた。

サクリとしたビスケットは少し塩味が効いていて小腹が減っていたクルミにはとてつもなく美味《おい》しく感じられた。

先程通りかかった馬車に乗っていたのは、これから自分達の村へ帰る途中の老夫婦だった。

隣村からの帰りだったらしい。

老夫婦は、奇妙な格好をしたクルミを最初は警戒していたが、旅の途中に道に迷ってしまったというクルミの咄嗟《とっさ》の嘘を信じ、快《こころよ》く馬車に乗せてくれた優しい人達だ。

舗装のされていない道は悪く、振動がもろにお尻《しり》を直撃するが、文句を言ってなどいられない。

むしろ感謝せねばならないだろう。

こんな人のいい夫婦に出会えたのは僥倖だった。

ついでに夫婦から情報を仕入れる。

「つかぬことをお聞きしますが、竜王国《りゅうおう》のことは知ってますか？」

「もちろん知ってるわよ。よほどの田舎でもない限り知らない人はいないもの。なんたって世界四大大国の一つですから」

「四大大国……」

クルミの前世では、まだできたてほやほやの国だった竜王国だが、大国と言われるほどになっていることに素直に驚く。

「それがどうかしたの？」

「いえ、ちなみになんですが、竜王国が建国されてからどれくらい経ちますか？」

「そうねぇ……竜王国の国民じゃないから詳しくは知らないけれど、ざっと数千年くらいじゃないかしら。ねえ、あなた？」

「そうだな。それぐらいじゃないか？　霊王国《れいおう》に次いで二番目に古い国だからな」

妻に問われた旦那《だんな》も少し考えながらそう答えた。

「すう、数千年ーっ⁉」

思わず裏返った声が出るほどにクルミは驚いた。それほどに時間が経っていたことに。

前世のクルミが竜王国と言われる場所を訪れた時は、まだそこは国にすらなっていなかった。

最強の種族である竜族がテリトリーにしていた場所という、ただそれだけの地域だった。

それが、人間によって迫害されたり奴隷《どれい》にされたたくさんの種族が竜族に救いを求めて集まり、当時の竜族の族長を王として建国されたのが竜王国という国だ。

クルミの前世である魔女達もそんな竜族に救いを求めて集まった者達だった。

何故かクルミは、後の初代竜王となるヴァイトに気に入られ、建国の手伝いを色々とさせられたのだが、今となってはいい思い出だ。

そもそも、当時でも大人とは言えない年齢だったのに、魔女としての才能が高かったために何かと相談に乗らされた。

ヴァイトもヴァイトで、年齢や種族など気にしない大らかな性格だった。

大人の中に子供が交じっていることにおかしいとツッコむ者も多数いたのに、「大丈夫、大丈夫」と笑って押し通したのだ。

クルミの知り合いだったという愛し子はこのヴァイトのことで、愛し子故に多少のことなら強引《ごういん》に周りに認めさせる力があったのだ。

そうして建国の重要な会議にも強制参加させられたが、クルミとしては魔法具の研究をしている方が好きだったので正直いい迷惑だった。

会議そっちのけで研究に没頭していたら強制連行されたものだ。

そのくせヴァイトはなにかと理由を付けて仕事をさぼっているのだから怒りが湧く。

何度叱《しか》りつけて仕事をさせたか分からない。

いつしかクルミがヴァイトのお目付役みたいな立場にさせられたのには、心から苦言を呈《てい》したかった。

愛し子であるヴァイトに対しても容赦《ようしゃ》のないクルミをヴァイトはなおさら重用したので、ヴァイトがなにかとクルミに相談してくる度に、周囲からの妬《ねた》み嫉《そね》みは酷かったが、ヴァイトが守ってくれたりしていたので文句を言いながらも手伝っていた。

もしこれがヴァイトではなかったのなら、クルミは手伝わなかっただろう。

文句を言い、嫌々ながらも手を貸していたのは、ヴァイトにはそういう人を惹《ひ》きつける力があったからだ。

竜族だからとか力が強いからとかではない、ヴァイト自身が持つ魅力。

愛し子であること以上に強い力だ。

だからこそ、竜王国が建国されてヴァイトが忙しくなるとクルミを守る余裕もなくなり、ヴァイトから気にかけられるクルミに嫉妬した者達から酷い差別を受けるようになった。

それはクルミだけでなく、クルミと同じ魔女達にまで影響が及んだ。

仲間の魔女達には申し訳ないことをしたが、元々魔女を快く思っていない種族は多かった。

それまでは、ヴァイトの来る者拒《こば》まずの精神により抑えられていたが、ヴァイトが正式に王になると、魔女が国の要職に就くのではと危惧《きぐ》した者達からの反発が目に見えて表に出始めてしまったのだ。

クルミはそんなつもりはなく、魔法具の研究ができればそれでよかったというのに、元々の魔女の印象が悪かったためにそうは思われなかった。

あまりにもヴァイトと仲が良すぎたので、ヴァイトの番《つが》いになって王妃になるのではと恐れられたというのもある。

まったく見当違いの心配だというのに。

なにせヴァイトには好きな人がいたのだ。決して結ばれることのない不毛な片思いだったが……。

それを知っていたのはクルミだけだったので、周りが変に勘違いしたのだろう。

嫉妬や権力争い。それによる嫌味や牽制《けんせい》。それに居心地が悪くなったクルミは、魔女達を連れて竜王国から海を渡った島へ行き着き、そこでヤダカインという国を作った。

魔女のための、魔女が迫害されない、魔女が過ごしやすい国を。

いつの間にかクルミがヤダカインの初代女王になっていたのは、今思い返しても首を傾げるしかない。

クルミはただ平穏《へいおん》に研究ができる環境を作りたくて頑張っていただけなのに。

しかし、迫害や差別をされない安住の地は手に入れた。

時々ヴァイトが遊びに来て、恋バナを聞かされたのは本気でウザかったが、平穏だった。殺されるその時までは……。

話は逸《そ》れたが、竜王国の建国に関わったクルミが生きていた時から数千年もの時間が経っているなら、寿命が長い竜族と言えどさすがに生きていないだろう。

ヴァイトにまた会えるのではないかと少し期待していたのだが、無理そうだ。

ヴァイトなら、快くこの世界で生きていくための手助けをしてくれるのではないかという思惑もあったため、方針を改めなければならない。

「クルミちゃん？」

「は、はい！」

考えにふけっていたクルミは、おばあさんに名前を呼ばれていることに気付いて我に返る。

「どうかしたの？　乗り物酔いでもした？」

「いえ、大丈夫です。ちょっと考え込んでいただけなので。竜王国のことは分かりましたけど、ヤダカインのことについては何か知っていますか？」

「ヤダカイン？　聞いたことのない名前ねぇ」

「俺も知らないなぁ」

さすがにヤダカインのことまでは知らなかったようだ。

まあ、小さな島国なので仕方ないかとクルミは諦める。

しかし、竜王国辺りに行けば話も聞けるかもしれない。

そのためには、まず現在地を確認しなければならない。

「じゃあ、ここは竜王国から見て、どの辺りにありますか？」

「竜王国から？　不思議なことを聞くのね。知っていてこの辺りを旅していたんじゃないの？」

「えっと……気の向くままに旅をしていたので」

内心冷や汗ものだった。異世界から来ましたと言って、どれだけの人が信じるか分からなかった。

クルミとて、前世で精霊から聞かなければ異世界から人が来ることがあるなど知らなかったのだ。

この老夫婦がそのことを知っているとは思えない。

旅人を装うのが一番無難に収まるだろう。

正直、旅人と言うには着ている服も装備もおかしすぎるが、騙されてくれたみたいだ。

「あら、そう？　えっと場所だったね。ここは竜王国から見て、だいたい北東にある四大大国の一つである帝国内の中心部辺りかしら」

「帝国？」

クルミには覚えのない国だった。

「そうそう、この辺りだよ」

おばあさんが積み荷から地図を出して見せてくれた。

「なるほど」

だいたいの現在位置は分かったが、クルミがこの世界で生きていた時には、この辺りは多くの国が滅んだり生まれたりを繰り返して争いの絶えない地域だった。

きっと数千年の間に国々が統合され一つの大きな国となったのだろう。

クルミは少し考えた末にもう一つ質問する。

「竜王国に行くにはどうしたらいいですか？」

ヴァイトはもういないだろうが、前世で関わりのあった国。今がどうなっているか気になった。

そして、できればヤダカインに赴き、今の様子を実際に自分の目で見たいと思った。

「そうだね。陸路を行くならぐるっと大回りしないといけないから、一度帝都に向かって、そこから港町に行って船に乗った方が早いかもしれないね」

地図を見ると、帝都はこれから向かう村からは西にある。

けれど、地図で見る限り帝都まではかなりの距離があるようだ。

「うーん……」

眉間《みけん》に皺《しわ》を寄せて悩むクルミを見たおばあさんは心配そうに声を掛けた。

「どうかしたのかい？」

「あっ、いえ、路銀《ろぎん》もないのでどうやって帝都まで行こうかと思って」

「ああ、なんだ、そんなこと」

クルミ的にはかなりな問題なのだが、おばあさんは朗《ほが》らかに笑う。

すると、老夫婦がごにょごにょと内緒話をして、うんうんと頷《うなず》き合う。

そして、クルミに向き直ると「これは提案なんだけれど」と話し始めた。

「これから一月後、村に行商がやってくるんだ。行商はその後西の大きな町へ向かう。そこからは帝都へ向かう乗り合い馬車があるからそれに乗ればいい。行商に連れて行ってもらえるように私達から頼んであげるよ。それまでは、私達の家で畑の手伝いなどをしてくれないかい？ そうすれば、乗り合い馬車に乗るぐらいのお駄賃《だちん》は払うよ。残りは帝都で仕事を探せばいい。帝都なら仕事もたくさんあるだろうからね。竜王国へ行くぐらいのお金ならすぐに貯《た》まるさ」

願ってもない申し出だった。

だが、あまりにクルミに都合が良すぎて疑ってしまう。

「えっ、本当にいいんですか？ 私なんて初対面の怪しい奴なのに、どうしてそこまで……」

「こんな出会いも縁だからね。人の縁は大事にしたいのさ。ちょうど娘も結婚して町に行ってしまって老人二人で寂しく暮らしていたから、クルミちゃんが来てくれたら賑《にぎ》やかになる。どうかな？」

なんていい人達に出会えたのだろうか。

クルミは静かに感動に打ち震えていた。

「是非《ぜひ》。むしろこちらからお願いさせて下さい！」

「じゃあ、決まりだ」

「これから一月の間よろしくね」

「何でも言って下さい。体力には自信があるので！」

「そりゃあ、頼りになる。いっぱい働いてもらおうか」

「ふふふ、あなた。調子に乗ってクルミちゃんを働かせすぎないで下さいよ。こんな可愛らしい女の子なんだから」

「孫ができたみたいで嬉しいな、ばあさん」

「そうですね」

ニコニコと笑う老夫婦に、クルミはこんないい人達も存在するのかと驚きとともに歓喜に沸いた。

世の中捨てたものじゃないと。

第4話 村での生活

ガタガタと揺れる馬車の荷台に乗ってしばらくすると、老夫婦が暮らす村の入り口が見えてきた。

なんとか日が暮れる前に着いて安堵《あんど》したのはクルミだけではなかった。

「ふう、やっと着いたな。この年になると隣村まで行って帰って来るだけで大変だわい」

「日が暮れる前に帰って来られてよかったですね、あなた」

「本当にな。まあ、ここは大きな町からも離れている辺鄙《へんぴ》なところだから夜盗に襲われることはないが、魔獣が出るからな」

クルミは幸いなことに出会わなかったが、やはりこの辺りは魔獣が出るらしい。

運が良かったということだろう。ほっとする。

さらには老夫婦に拾われてしばらく困らない暮らしも手にした。

この世界に来てから、運が良くなってきた気がする。

「クルミちゃん、このまま村長の家に向かってもいいかい？　一応クルミちゃんが少しの間暮らすことを伝えておきたいからね」

おじいさんの問いかけにクルミは頷いた。

「はい、大丈夫です。私もお世話になるのなら挨拶しておきたいですから」

「よし、じゃあ行こうか」

おじいさんの一声で、馬車は村の中に入っていった。

そこは想像していた以上に小さな村で、木造の家屋が点々としている。

かなり薄暗くなってきたが、煌々《こうこう》と明かりが灯《とも》る家は見られず、聞くところによると明かりは蝋燭を灯すだけのようだ。

これが魔法の得意な種族だと、光の魔法を使って夜でも明るさに困らなかったりするのだが、この村で魔法を使える者はいないそうな。

まあ、元々人間は魔法を使える者が他の種族に比べて少ないので仕方がない。

魔法の発達したこの世界では、地球のように科学も発達しなかったのだろう。

前世から数千年経っても未《いま》だに蝋燭の明かりとは思わなかった。魔法を使う者の少ない人間の国なら科学のような別のものが代わりに発展しそうなものなのだが、魔法の存在が足枷《あしかせ》となっているのかもしれない。

これまで電気の明かりに慣れていたクルミには、この村の明かりでは暗すぎると感じてしまう。

井戸の存在も確認したので、水道も通っていないようだ。

きっと他にも、これまでの便利だった生活との違いはたくさんあるだろう。

慣れるまでは生活レベルの違いにしばらく苦労しそうだなと思った。

けれど、クルミは悲観はしていなかった。

ないのなら作ればいいのだから。

「んふふ、腕が鳴るわ」

クルミは静かに闘志を燃やしていた。

その後、村長への挨拶を終えると老夫婦の家へとやって来た。

老夫婦の子供ぐらいの年齢の村長とその家族は、老夫婦と同じ人の好さそうな笑みでよそ者のクルミを歓迎してくれた。

あまりに人が好すぎる人達ばかりで、悪い奴らに騙されないか心配になるほどだ。

「今日からよろしくお願いします」

これからお世話になるので改めて挨拶をして深々と頭を下げると、老夫婦はそれぞれ温かい言葉を掛けてくれる。

「こちらこそよろしくね」

「クルミちゃんが来てくれて家が華やかになったみたいだよ。自分の家だと思ってゆっくりしてくれ」

「はい！」

「じゃあ、早速夕ご飯の用意をしましょうかしらね。たいしたものはできないけれど」

「お手伝いします」

「ありがとう。ふふふっ、娘が帰ってきたようで嬉しいわ」

ガスもコンロもない昔ながらのキッチンに驚きながらも、昔はこうだったなと古い記憶を思い起こす。

だが、いかに便利に自堕落《じだらく》に過ごせるかを追求するが故、魔法具を惜しみなく使っていた分、まだクルミの前世の時の方が使い勝手が良かった気がする。

まあ、そこはこれからのクルミの腕の見せ所だ。

だが、クルミには少しの懸念《けねん》がある。

それというのも、この世界では精霊魔法が一般的であり、宗教的な面でも精霊を信仰している国がほとんどだ。

そんな中で、精霊を介して魔法を使わない魔女の使う魔術は邪法《じゃほう》とされ、迫害される要因となってしまった。

そうして居場所を求めて渡り歩き、辿り着いたのが竜王国。

しかし、そこでも、魔女は良く思われず安住の地とは言い切れなくなり、無人の島でヤダカインという国を作ることになったのだ。

まあ、竜王国の場合は、魔女だからというよりヴァイトの贔屓《ひいき》による嫉妬《しっと》が問題だった気がするが……。

そんな中で特に魔女への迫害が酷かったのが人間の国だった。

今は魔女への感情が変化したのかしていないのか分からない。

だが、この夫婦に魔女のことを聞いても首を傾げていたので、魔女という存在を知らないことは分かった。

それはここが情報の入ってこない小さな村だから魔女を知らないのか、帝都でもそうなのかは分からない。

そもそも数千年経っているのだから知らないという可能性は捨てきれない。

なので、気を付けるに越したことはないのだが、クルミは親切なこの夫婦のために何かを返したいと思った。

けれど、魔法具なんてものを作って怖がられ、迫害された前世の二の舞にはなりたくない。

人は分からないものを恐れる。

それは今世での両親でも証明されている。

とりあえずは様子を見て、この村の人達にどれくらいの魔法の知識があるのか調査しつつ、魔女の使う魔術への忌避感《きひかん》がないのなら、少し生活に役立つ魔法具を作ってもいいかなと決めた。

こうして、帝国のとある村で親切な老夫婦に居候《いそうろう》させてもらうことになったクルミは、数千年の時を経た世界について知ることから始めるのだった。

村での朝はとても早く、日の出とともに始まる。

毎度起こしてもらわなければ目が覚めないのは申し訳なかったが、あまりの起床の早さに目が開かないのだ。

老夫婦の娘が使っていた部屋を使わせてもらっているクルミは、毎朝寝ぼけ眼《まなこ》で起きる。

朝食の支度から始まり、食事を終えると老夫婦の畑仕事を手伝う。

魔法を使える者がいないので、水を与えるにも井戸から水を汲んできて畑にまくため、それほど大きな畑ではないのになかなかに重労働な作業だった。

これを年老いた夫婦がしていたのかと思うと驚きだ。

「ふう」

夫婦の代わりに水やりを終えたクルミは額《ひたい》の汗を拭《ぬぐ》う。

「クルミちゃん、ご苦労さま。疲れたでしょう。少し休憩にしましょうか」

おばあさんがそう言ってくれたが、クルミは断る。

「いえいえ、まだ大丈夫ですよ。薪《まき》も割っておきますね」

「あらあら、クルミちゃんは働き者ね」

ニコニコ微笑むおばあさんに手を振って、今度は斧《おの》を持って裏庭に向かう。

「せいやー！」

気合いを入れて斧を振り下ろせば、ガコンっと音を立てて丸太が半分に割れる。

どんどん小さくしていき、薪として使いやすい大きさにする。

あまりのクルミの働きっぷりに老夫婦だけでなく村の人達も驚いていたが、なんてことはない。

ただ少し肉体強化しているだけなのだ。

けれど、魔法とは無縁の村の人達がそれに気付くことはなく、クルミはいつの間にか尊敬の眼差《まなざ》しで見られるようになった。

若い男性からも熱い眼差しで見られるのだが、どうやら男顔負けの働きをするクルミに惚《ほ》れたらしい。

けれどそれは色恋とはまったく関係のない、男が強い男に惚れるような意味合いでである。

最初はモテ期到来かと喜んだのに恥ずかしい。

一週間分はありそうなほどの薪を割り終えたクルミは、それを納屋《なや》へ収めて今日の仕事は終了だ。

おばあさんの手作りの昼食を食べて村の中をブラブラする。

けれどこれは別に暇で遊んでいるわけではない。

村を歩き回っているといろんな所から声が掛かるので、それを待っているのだ。

「クルミちゃん、こっちに寄っていってよ」

そう声を掛けてきたのは、この村で一番のお喋《しゃべ》りな村長の奥さんで、彼女を筆頭にした数人の主婦が井戸端会議をしていた。

最初はよそ者のクルミを遠巻きにしていた村人も、元々の気立てが優しいのか、生活に不自由はないかと、それはもうクルミに気を使ってくれる。

そのお礼で老夫婦の仕事を終えた後に村の手伝いを率先してすることで、さらに仲良くなった。

本当にいい人達に出会えたと、地球の生活で荒《すさ》んだ心が浄化されるようだった。

何気ない世間話に加わって、クルミは主婦達から情報を収集する。

初めはこの村での生活の仕方。食事はどうしているかとか、お金の稼《かせ》ぎ方から貨幣の種類まで。

この国で生活していれば当然分かるような常識までも聞くので、何故そんなことまで聞くのかと不思議がられたが、クルミは竜王国から少し離れた小さな国のド田舎からやって来た世間知らずの旅人という設定でなんとか押し通した。

少し苦しかったが、根がいい人達なのか素直に納得してくれた。

家事に育児と、生きていく上で必要な情報に精通しているであろう主婦達を散々質問攻めにして、この辺りの基本的な情報はだいぶ入手できた。

だが、やはり帝都からも離れているこの小さな村では、生活に関する情報を得るくらいが限界のようだった。

あまり識字率《しきじりつ》も高くなく、日本のように義務教育もないので、文字を書いたり計算したりができないのはごくごく普通のことのようだ。

そんな人達に歴史や他国の文化について聞いてもクルミの欲しい情報が手に入るはずもなく、ネットもないので彼女達の最新の情報は帝都では数カ月前の話、酷い時には数年前ということもざらにあるらしい。

新聞の配達があるわけでもなく、行商や町へ行った人から人伝《ひとづて》に情報が流れてくるのを待つだけなので、そんなタイムラグがあるのだろう。

これはもう帝都かもう少し大きな町に行ってから自分で聞き回るしかないかと諦めた。

そんな時ばかりは、精霊魔法が使えればと思ってしまう。

風の精霊の力を使えば、遠くの情報を手に入れたりもできるのだ。

ヴァイトはよくそうして遠い国の情報を仕入れていたが、残念ながらクルミは前世も含めてできない。

一応この前試してみたが、やはり無理だった。生まれ変わっても精霊と相性の良くない魔力の質は変わらないらしい。

まあ、想定内のことなので問題はない。恨《うら》めしい気持ちはあるが。

だいたいの生活のことが分かると、次に気になったのは魔法に関することだ。

多種族国家である竜王国と違い、帝国は人間が多い国のようなので、恐らく魔法を使える者は少ないだろうと思っている。

なので、どこまで魔法を見せてもいいかはクルミが一番気になることだった。

もうすでに一時間は軽く喋っている奥さん達の話をそれとなく断ち切り質問してみる。

「ちなみになんですが、皆さん魔法についてはどれくらい知っていますか？」

「魔法？　そんなの使えないのに知るわけないじゃないか。使えたらこんな村になんかいないわよ」

村長の奥さんは、あははははっと豪快に笑ってクルミの背中をバンバンと叩いた。

「魔法が使えたら帝都で王宮に勤めることも夢じゃないものね」

「そうそう。まあ、大きな町とかならたまに魔法が使える人もいるけれど、そんな人は貴族に仕えていたり大きな商会に勧誘されたりして職には困らないらしいわよ。本当に羨《うらや》ましいわよね」

「子供の頃は精霊が見えないかとワクワクしたものだけど、そんなの見たことないわよね。どんな姿をしてるのかしら」

なるほど。やはり人間で魔法が使える者は数千年前と変わらず少ないらしい。

「亜人《あじん》だと魔法を使える人はたくさんいるらしいけどね。竜王国や獣王国《じゅうおう》じゃ生活するのに魔法を使うのは当たり前らしいよ」

「夢のようだね。魔法が使えたら生活も楽になるのにね」

「ほんとにねぇ。私らは火をおこすのにも一苦労だってのに」

「私も亜人に生まれたかったよ」

亜人とは人間以外の種族を総じて言う言葉だ。

竜族なんかも亜人の中に含まれる。

見た目は普通の人間と変わらないが、竜の姿に変化することもできるのだ。

そんな二つの姿を持つ者達を亜人と言う。

獣と人間の姿が混ざった獣人なども亜人と一緒くたにされたりする。

その昔、亜人は人間によって奴隷にされたりしていた。

そんな者達が竜王国に集まってきて、全ての人をヴァイトは受け入れていたが、今はどうなのだろうかと疑問が湧いた。

未だに世界では酷い奴隷狩りが行われているのだろうか？

女性達の話を聞いている限りでは、亜人への差別や嫌悪《けんお》は感じられなかったので、帝国では亜人への差別はなさそうに思える。

それもあくまでクルミの予想だ。

「亜人は未だに奴隷にされたりしているんですか？」

「そういう国もあるようだね。けど四大大国である、霊王国、獣王国、竜王国、そしてこの帝国では、四カ国の間で取り決めた条約により禁止されているよ。でも、噂によると奴隷商人が紛《まぎ》れ込んでいて、裏では亜人も人間も種族を問わずに人身売買をしてるって話だけどね」

「帝国は広いから目が行き届かないんじゃないかい？」

「なるほど……」

「クルミちゃんも帝都に行くなら気を付けるんだよ。クルミちゃんみたいな美人さんで黒目黒髪の珍しい色をした子は狙《ねら》われやすいから」

美人さんという言葉に頬がにやけそうになるクルミだが、今彼女はかなり大事なことを言っている。

この世界を日本のように思っていてはいけない。

治安の悪さは比べものにならないのだ。

そして、クルミの持つ色。

黒目黒髪というごくごく一般的な日本人の色だが、この世界では珍しい部類に入る。

井戸端会議をしている奥さん達の髪は、茶色や赤茶色、目の色も鮮やかな色をしていたりするが、この世界ではそれが一般的だった。

一見地味に見える黒目黒髪は逆に目立つのだ。

「そうですね、気を付けるようにします」

「そうしな。まあ、このままこの村にいてくれてもいいんだよ。クルミちゃんは働き者だから、息子のお嫁さんになってくれるなら大歓迎だ」

「何言ってるのよ、あなたのところの子供はまだ十歳じゃないの」

「ちょうどいいじゃないかい。ちょっと年上ぐらいでクルミちゃんもあまり変わらないでしょう?」

「……私、十八歳です」

その場に沈黙が流れる。

「……あら、いやだ。若く見えるから、てっきりまだ十三、四歳ぐらいだと」

「私の国の人は若く見られやすいので……」

「まあ、老《ふ》けて見られるよりいいじゃないか」

「そうそう、可愛い時間が長く続くってことだからね」

奥さん達がフォローするが、地味に落ち込む。

しかし、気を取り直して脱線していた話を戻す。

「皆さんは、もし魔法が使える人がいたらどう思いますか？」

「うーん、会ったことがないから分からないけど、羨ましい限りだね」

「魔法が使えたらって何度も思ったもんだよ」

「嫌な気持ちになったりしませんか？　怖いとか、気持ち悪いとか」

真剣にそう聞くと、奥さん達は互いに目を見合わせ、直後大きく笑い声を上げげた。

クルミはその反応にきょとんとする。

「大丈夫だよ、クルミちゃん。クルミちゃんのことを気持ち悪いなんて思ったりしてないから」

「クルミちゃんは、魔法が使えるんだろう？」

クルミの心臓がドキンと跳ねる。

「えっ、あの……」

過剰に反応すれば肯定《こうてい》しているようなものだというのに、クルミはおろおろとしてしまった。

それを見て村長の奥さんが、クルミの肩をポンポンと優しく叩く。

「そんな質問されたら、そうだと言っているようなものだよ。それにあんな男顔負けの働きっぷりを見せてもけろりとしているから、魔法が使えるんじゃないかと村人の間じゃあちょっと噂になってたしね」

「そ、そうなんですか？」

気付かれないようにしていたつもりが、少しやりすぎていたようだ。

少しでも恩を返したいという気持ちが先走りすぎた。

「大丈夫だよ。何を心配してるか分からないけど、気持ち悪いとか思うようなそんな心の狭い人間はこの村にはいないよ」

「まあ、羨ましくはあるけどね」

奥さん達の表情は柔らかく、クルミの心を温かくする。

だから、この人達なら大丈夫なのではないかと思ってしまった。

「精霊魔法じゃなくてもですか？」

前世で魔女が迫害されていた理由。それは精霊信仰のあるこの世界で、精霊魔法を使わない魔女独自の魔法を扱うことが原因だ。

精霊魔法を使っていないと言うのは一種の賭《か》けだった。

前世と同じように迫害される可能性もあったが、この人達なら……。クルミの願いを込めた告白だった。

けれど、彼女達の反応はクルミの斜め上をいく。

「魔法に種類なんかあるのかい？」

きょとんと首を傾げる奥さん達は、本当に魔法についての知識がないのだろう。

よく分かっていないようだった。

「ええ、一応……」

「へえ、クルミちゃんは博識だねぇ」

「生活のことはなんも知らないけどね」

「まったくだ」

あははははっと笑い合う奥さん達には魔法の種類など明日の天気よりどうでも良さそうで、クルミはなんだかほっと体から力が抜けた。

数千年経って魔法への考えが変わった可能性もある。

ただ単に情報があまり回ってこない小さな村だったからで、他では違うのかもしれないが、少なくともこの村でクルミが魔法を理由に迫害や差別をされる心配はなさそうだった。

念のため、複数の村人にも確認してみたが、やはり魔法の違いなど分かっておらず、クルミが魔法を使えることを知っても、むしろ村の仕事がはかどっていいじゃないかと歓迎ムード。

そうと分かればクルミも自重する必要はなかった。

第5話　精霊魔法と魔術

その日は早めに畑仕事を終わらせると、森へ野草を採りに行くことにした。

一人で行ってくると告げるクルミに、おばあさんは心配そうにしながら何度も誰かを一緒に連れて行くべきだと助言してくれる。

しかし、やりたいことがあったクルミはそれを固辞《こじ》した。

「本当に大丈夫なの、クルミちゃん？」

「大丈夫ですよ。そんな遠くまでは行きませんから」

「でもねぇ。森には魔獣が出るから心配だわ」

「逃げ足の速さだけには自信があるので心配しないで下さい。危ないと思ったらすぐに帰ってきますから」

「そう？　本当に気を付けてね」

クルミが折れないと分かると、おばあさんは渋々送り出すことに決めたようだ。

「はい。いってきます」

「ええ、いってらっしゃい。暗くなる前に帰ってくるのよ」

「はーい」

心配そうにするおばあさんに手を振って、クルミは村を出た先に広がる森の中へ分け入った。

前世の記憶と村のおば様達に教えてもらった知識を総動員して、食べられる野草やきのこを摘んでいく。

その後の予定のために、身体強化して森の比較的入り口の方でちょこまか動き回ると、あっという間に集まった。

若干《じゃっかん》食べられるか不安なものも混ざっていたが、まあ、後でおばあさんに選別してもらえばいいだろうと、籠《かご》がいっぱいになったところで採取を止める。

そして、森の中の人のいなくて平らな場所を探すと、邪魔な落葉などをどけて、次に枝を探し始めた。

ほどよく長くて細く片手で持ちやすい、地面に痕が残せそうなほどの硬さを持つ枝を見つける。

「うん。これなら地面にも字が書けそう」

野草でいっぱいの籠を邪魔にならないところに置くと、クルミは見つけた枝で地面に文字を書き始めた。

日本語ではない。そして、この国の文字でもない。まるで紋様のような文字を躊躇《ためら》いなく書いていく。

それはまるで絵を描いているかのように見えるほど、よく分からない文字の羅列《られつ》だった。

ただお絵かきをしているだけのように見えるが、描きながらクルミは魔力を流していた。

その顔は真剣そのもので、途中何度か何かを思い出すように唸《うな》りながら手を止めたりもしたが、それ以外で手が止まることはなく、ひたすら手を動かし続けた。

小一時間は没頭《ぼっとう》していただろうか。

最後の一文字を書いて、やっとクルミは手を止めた。

「よし。魔法陣《まほうじん》の完成っと。随分経ったけど、記憶の継承がちゃんとできてて良かった」

前世で行った最後の魔術。

それは前世のクルミの記憶を来世へと引き継ぐものだった。

今ある知識をなくしたくない。もっと研究を続けたい。そう願っていたクルミが生み出した魔術。

記憶が残るかはかなりの賭けだったが、こうして魔法陣を難なく描けるほどきちんと記憶は継承されていることに、クルミは満足げだった。

「やっぱり死ぬ前に記憶の継承の研究をしてて良かったわ。あの時の私、グッジョブ。前世では天才とまで言われたこの私の知識が失われるのは世界の損失だものね」

足下に描かれた魔法陣を見て得意げにそう言ってのけた。

年老いていたならまだしも、当時まだ若かったクルミがそんな死んだ後のことを考えて記憶を残す魔術を研究していたのは、身の危険を感じていたからだった。

クルミは自身が殺されるかもしれないことをなんとなく察していたのだ。

それなら、旧知である竜王国の国王ヴァイトに助けを求めれば良かったのだが、それよりもこれまで培《つちか》った知識が失われることを恐れて、そんな魔術を生み出すことに残りの時間を費《つい》やした前世のクルミは変わった人物だったのか、殺されると気付いて動揺していたのか。

とりあえず、やるべきこととは別のことだったのは間違いない。

だが、まあ、おかげで魔術の記憶があり、この世界でも魔術を使うことができる。

クルミは地面に描かれた魔法陣に手を乗せ、魔力を流す。

すると、魔法陣が輝き、魔法陣の上に炎が燃え上がった。

手を離して魔力を流すことを止めると、炎はすぐに消えてなくなった。

「よしよし、ちゃんと発動できるわね。精霊魔法ができればこんな面倒な方法とらなくていいのに、ほんと面倒臭いったらありゃしない」

まあ、その面倒な過程の研究がクルミは好きだったりするのだが。

精霊魔法と魔術の違い。

この世界で魔力のない者の火の点《つ》け方は、火打ち石を使うか棒をこすって火種《ひだね》を作るかの原始的な方法が一般的だ。

けれどそれらの行程をすっ飛ばして精霊に願い、火を作り出すのが精霊魔法。

一見すると精霊魔法はとても簡単ではあるが、これには難点がある。使う者の魔力の質によって成功率と火の強さが変わってしまうのだ。

クルミのように精霊に好まれない魔力だと、魔法の成功率がぐんと下がる上、大きく強い魔法は使えない。

精霊の好む魔力かそうでないかが大きく魔法の力に関わってしまう。

それだと、いくら魔力量が多くても意味をなさない。

魔術は、そんな精霊から好かれない魔力を持つ者が精霊の力を借りずに魔法を使えるようにと作り出されたもので、それを使う者は魔女と言われた。

魔術には人を呪《のろ》う方法もあったことから時には呪術とも言われた。人を呪うのは色々と面倒かつ難しいのでする者などほとんどいないのだが、できるというだけで人からは嫌悪されるらしい。

人々から異端扱いされた魔術は、精霊を介さず直接世界に干渉し、己の魔力をエネルギーとして魔法を行使するものだ。

世界に干渉するために使うのが魔法陣というもので、魔術を使うためには絶対に必要な物である。

言わば魔法陣とは世界に対する請願書のようなものだ。

この魔法陣の内容により、どの魔法をどのように使うかが決まる。

内容に不備があれば世界は力を使わせてはくれない。たった一文字でも違えば魔法陣は無意味な文字の羅列でしかない。

お役所よりも手厳しいのである。

だからこそ、完璧な魔法陣を作り出せるかは魔女の力量にかかってくる。

そして、その魔法陣を使うことに長《た》けていたからこそ、クルミはヴァイトから目を付けられて問題ごとを押し付けられ、ヤダカインでも初代女王に担《かつ》ぎ上げられ、さらには殺されるという事態になってしまった。

短命だったというのに、よくよく考えると波瀾万丈《はらんばんじょう》な人生である。

できれば今度は平々凡々であることを心の底から願いたい。

「さてと……。魔法陣はちゃんとできたから、今度はこれを魔法具にするための魔石が必要ね」

魔石とは、魔力が集まり形となったものである。

魔力の多い場所などで何年もかけて塊《かたまり》となるのだ。

そんな魔力が豊富な場所は世界にいくつかあるが、その場所は簡単に見つかるようなものではないので魔石を見つけるのはなかなか難しい。

ヤダカインはそんな魔力が集まる特異な場所で、多くの良質な魔石が採れたので魔法具が作り放題だったが、あいにくとこの辺りに魔石が採れそうな場所はない。

だが、しかし！　そんな魔石の元となるのは魔力。

なので、自然に生成されるだけでなく、魔力のある者なら作ることは可能なのだ。

問題は、大変魔力操作が難しい上に、大量の魔力を必要とすること。

けれど、クルミはその二つの条件をクリアするだけの、魔力操作の技術と魔力量を持っていた。

この日のためにクルミはコツコツと寝る前に自身の魔力を圧縮し、一つにまとめ、魔石を作り出していた。

一週間ほどかけて、毎日毎日あるだけの魔力を注ぎ込んで作ったのだ。

魔力を使い果たした後は精根尽き果てて気絶するように寝てしまうので、夜な夜なこっそりとその作業を頑張っていた。

ポケットから取り出したのは、そんな汗と涙と努力の結晶の魔石である。

大きさは米粒ほどしかないのがなんとも虚しいが……。

石と言うぐらいなので本来はもっと大きい物なのだが、魔力量の多いクルミの魔力をもってしても、一週間ではこれが限界だった。

いかに魔石が貴重な物か分かるというものだ。

しかし、これからクルミが作ろうとしている魔法具ならこれくらいの大きさでも問題ない。

「ようし、魔法具作るぞー！」

魔法具とは、魔法陣を媒体《ばいたい》に刻み込むことで、いつでも刻み込んだ魔法を使えるようにできるものである。

これならば、魔力というエネルギーさえあれば皆が皆魔力の質に左右されることなく同じ強さの魔法を使うことができる。

ライターのように、使う人が全員同じ強さの火を点けることができるのだ。

クルミは魔法陣を刻む媒体としてこの魔石を選び、これに火の魔法を刻み込んで、いつでも火を点けられるようにしようと思っている。

そうすれば、いちいち火打ち石などで時間をかけなくても火を点けることができる。

魔法具には半永久的に使える物と、回数制限がある物とがある。

半永久的に使えるのは、使用者に魔力がある場合だ。

それだと、その人物の魔力をエネルギーにして発動できるので、魔石が壊れない限りは使い続けられる。

回数制限があるのは魔力を持たない者が使う場合だ。

その場合は魔石の魔力をエネルギーに発動させるので、魔石の魔力がなくなれば使えなくなる。

半永久的と回数制限とでは、刻む魔法陣も違ってくる。

クルミは、魔力のない老夫婦にも使えるようにしたいので、魔石をエネルギーに発動する魔法陣を刻むことにした。

先ほど地面に描いた魔法陣の一部を書き換えると、魔法陣の中心に米粒のように小さく、一見すると硝子《ガラス》のような透明な魔石を置く。

そして、魔法陣に手を乗せて魔力を流していくと、魔法陣が光り、その光が魔石へと集まっていく。

　全ての光が魔石に吸い込まれると、光が消える。

　ちゃんと刻み込めたかを確認するために、落葉をそれにこすりつけるようにすると、ぽっと蝋燭のような小さな火が点いて落葉を燃やした。

「よし！」

　思わずガッツポーズをする。

　クルミに生まれ変わって初めて作った魔法具の完成である。

　持ってきていたペットボトルに入れた水をかけて火を消すと、それを持って意気揚々《ようよう》と村へ戻った。

「戻りましたー」

　老夫婦はどんな反応を見せるだろうかとウキウキしながら家の扉《とびら》を開けると、おばあさんがすぐに出迎える。

「おかえりなさい。大丈夫だった、クルミちゃん？」

「はい。ばっちりです。野草もたくさん採ってきましたよ」

　ほらっと、おばあさんに野草やきのこがたくさん入った籠を渡すと、嬉しそうに微笑んだ。

「あらあら、こんなにたくさん。助かるわ。……あ、でもこれはちょっと食べられないわね。……あらこれも」

　やはり速さを優先させたせいか食べられないものも入っていたらしい。

おばあさんは苦笑を浮かべながら食べられるものと食べられないものを選別していく。

「すみません……」

「いいのよ。野草やきのこは見分けるのが難しいから」

そんなフォローをされつつ選別をしながら、野草やきのこの見分け方を教えてもらっていると、おじいさんが帰ってきた。

「ただいま」

「おかえりなさい」

「今日はクルミちゃんが野草をたくさん採ってきてくれましたよ、あなた」

「そりゃあ、ありがたい。この年になると足が悪くて足下の悪い森の中を歩き回るのはしんどいからな」

「今日の夕食は野草ときのこの炒め物にしましょうね」

おばあさんが夕食の準備に取りかかろうとかまどに火を点けようとした時、クルミの出番がやって来た。

「あっ、ちょっと待ったー！」

「どうしたの？」

突然大声を上げたクルミに老夫婦は目を見張る。

「実は試してもらいたい物があるんです」

そう言ってポケットから出したのは、先ほど制作した米粒のように小さい魔石。

「小石？」

「いや、ガラスだろ？」

魔法はおろか、魔石を知らない老夫婦のこの反応はもっともなものだった。

「これはですね、魔法具です！」

「魔法具……」

「へぇ」

いまいちピンときていないようだ。

魔法とは無縁の生活をしていたなら仕方がない。

「まあ、見ていて下さい」

クルミは魔石を持ってかまどに近付くと、かまどの燃料になっている小枝を取って、魔石をぺしぺしと叩く。

すると、魔石が光り、小枝の先が燃えた。

それをかまどの中に放り入れると、他の枝にも燃え移り、火がパチパチと音を立てて燃え上がった。

あっという間に火を点けてしまったクルミに、老夫婦は唖然《あぜん》としている。

「これが魔法具です！」

ドヤ顔で胸を張るクルミ。

老夫婦はクルミと燃えるかまどを交互に見た後、クルミが満足するほどの驚きを露《あら》わにした。

「まあまあまあ」

「こりゃおったまげた」

「こんな簡単に火が点くなんて」

「クルミちゃんは本当に魔法が使えたんだな」

「いえ、これは魔法じゃなくて、魔法具です」

「何が違うんだ？」

「魔法は魔力がないと使えないけど、魔法具は魔力がない人でも使えるんですよ！」

「それなら私達でも使えるの？」

「はい。というか、お二人に使ってもらうために作ったんです。お二人には道で拾ってもらってとても感謝してるので、何かで恩返ししたくて。でも私ができるのは魔法具を作ることぐらいだから、迷惑じゃなければ受け取って下さい」

本当にいい人に拾ってもらったとクルミはこの二人の老夫婦に感謝しているのだ。

自分なら絶対にこんな不審人物と出会ったら見て見ぬふりをする自信がある。

だからこそ、その優しさが痛いほどに身に染みる。

「まあ、そんな気を使わなくても十分クルミちゃんにはお世話になってるのに」

「そうだぞ。畑仕事を手伝ってもらってかなり助かってるんだ」

「そう言わず受け取って下さい。ほんの気持ちなので」

有無《うむ》を言わさずクルミは魔石をおばあさんの手に握らせる。

「使い方は私がさっきやったみたいに小枝で叩いたら火が点きますから。回数制限があるのが申し訳ないですが、火種程度の威力しか出ないから数年は保つと思います」

「こんな便利なもの。本当にありがとう」

申し訳なさそうにしながらも喜んでくれているようでクルミも嬉しかった。

自分が誰かの役に立ったと思うのは気持ちがいい。

老夫婦は物珍しさから、何度も火を点けるのを試しては驚いたり喜んだりしていた。

第6話　時の精霊リディア

「えっ、追加ですか？」

おばあさんから火を点ける魔法具の追加要請を受けたのは、魔法具を渡して二日後のことだった。

おばあさんは申し訳なさそうにクルミに懇願《こんがん》する。

「そうなの。クルミちゃんからもらった物があんまりに便利で嬉しかったから、村の人達に見せびらかしていたら皆も欲しくなったみたいで。クルミちゃんに頼んでくれって言われちゃって」

クルミの顔色を窺《うかが》うように、おばあさんは「頼めないかしら？」とクルミに問う。

「えーっと……」

魔法具の媒体となる魔石はそう簡単に手に入らない。

老夫婦に渡したものも、クルミが一週間をかけてやっと作ったものだ。

時間をかければ村人達に渡す分を作ることは可能だ。

けれど、この村に来てもう二週間ほど経っていて、行商が来ると言われた日まで二週間を切っている。

一週間に一個作れたと計算しても頑張って二個が限度。とても村人全員に行き渡るほどの量は作れない。

この時になってようやく、クルミは老夫婦に魔法具を渡したことをしまったと思った。

そりゃあ、これまで時間をかけていた火を点ける作業をすぐにできる便利な物をもらえたら他の人に自慢したくもなるだろう。

そして、それを見せられた人達が欲しがるのも自然な流れだ。

これは、調子に乗ってそれを失念していたクルミの落ち度である。

老夫婦への恩返ししか考えていなかったクルミは、どうしたものか悩む。

クルミの困惑が伝わったのだろう。

「ああ、困らせてごめんなさいね。無理だったらいいのよ。こんな貴重な物をおいそれと渡せないわよね。図々しかったわ」

しょんぼりとしてしまったおばあさんに、クルミの心が痛んだ。

このままだと、おばあさんも村の人達から色々と言われてしまうのではないだろうか……。

恩返しどころか、余計に迷惑をかけてしまったかもしれない。

せめてあれが使えれば……。

クルミの頭に浮かぶ、あるもの。

「少し時間をもらえませんか？　確約はできませんが、やってみます」

「本当⁉」

おばあさんは嬉しそうに顔を綻《ほころ》ばせたが、喜んでもらうのはまだ早い。

「いえ、絶対にできるとは言い切れないので、あまり期待しないで下さい」

「ええ、ええ、分かったわ。ありがとうね、クルミちゃん」

「お礼はできてからでいいです。もしかしたらこの村にいる間では無理かもしれないので」

「分かったわ」

それで話は終わったものの、どうしようかとクルミは部屋で頭を悩ませた。

「魔力のない人でも使える魔法具を作るなら魔石をなんとか手に入れなきゃ……」

クルミは何もない所に向かって手を伸ばし、心の中で『開け！』と力を込める。

しかし、クルミの願いに反してそこには何も起こらない。

「………………」

沈黙が部屋を支配する。

しばらくその状態で粘《ねば》ったが、やはり何も起こらない。

「くうぅぅ！」

たまらず地団駄《じだんだ》を踏むが、それで何が変わるわけでもなかった。

けれど、そうしたくなるほどの憤《いきどお》りを感じていた。

「どうして空間が開かないのよぉ。空間さえ開ければなんとかなるのに」

クルミは自分の精霊との相性の悪さを恨んだ。

「一度でいいのよ。そうすればリディアになんとかしてもらえるのに」

何もない所に向かって恨み言《ごと》を言うが、そこはうんともすんとも言わない。

今クルミが何をしようとしているかというと、空間を開こうとしているのだ。

この世界には時と空間の精霊がいる。ここととは違う次元にいる、その時の精霊が住む次元とを繋げて空間を開くのだ。

その空間の中は開いた者の魔力量によって大きさが決まり、その中に入れた物は時間が止まったまま収納することができるという優《すぐ》れものだ。

クルミはこの村に来てから何度も時の精霊に働きかけて空間を開こうとしていたのだが、精霊との相性が悪いためか開くことができないでいた。

この、空間の中に住んでいる時の精霊こそがリディアで、初代竜王ヴァイトと契約をしていた精霊で、前世のクルミとは何度か顔を合わせていた。

だから一度開くことができれば、リディアにお願いして空間を開きやすくしてもらうよう頼むことができると思っているのだが、その最初の一歩で挫折《ざせつ》していた。

一度でいいのだ。一度開きさえすればなんとかなるというのに、それができない。

ヴァイトによると、空間を開いた者の数だけ空間の部屋が存在し、時の精霊リディアはその部屋を管理している。

空間は作った本人にしか開くことができないため、亡くなった者の空間には誰も入ることができない。

そんな誰も使えなくなった空間を消すこともリディアの役目なのだが、クルミは戻ってくることを考えて前世で自分の空間の部屋を残すように頼んでいた。

リディアがその願い通りに空間を消さずにいてくれているならば、クルミは前世の遺産を手にすることができる。

残した空間の中には、前世で溜め込んだ研究資料や魔法具やその材料が入っている。

今クルミが喉《のど》から手が出るほど欲しい魔石が大量にあるはずなのだ。

なので、是が非でも空間を開きたい。開きたいのだが……。

「あーもう！　なんで開かないのよ！」

文句を言ったところでどうにもならないのだが、この憤りをどこに持っていけばいいのか分からない。

「くそぅ、なんとかして開かないと……」

どうしたら開けるだろうかと色々と悩みに悩んだが、結局実践あるのみだった。

暇をみては幾度も幾度も挑戦していると、ある時何事もなかったかのようにすんなりと空間への道は開いた。

どうせ今日も駄目なんだろうな。などと思いながらやけくそ気味だったクルミは呆気《あっけ》にとられた。

そしてすぐに理解すると、喜びを通り越して地に手を突いて涙した。

「やっと……やっと開いた……」

何度自分の魔力の質を恨み心が折れそうになったことか。

多くても精霊には好かれない魔力をこれほど役立たずと思ったことはなかった。

日に日に増す、おばあさんや村人からの期待の眼差しが痛くて仕方がなかったのだ。

だが、そんな視線にいたたまれなくなるのは今日で終わる。

空間が開いたのだから。

ぽっかりと開いたその空間の穴の中に、クルミは躊躇わずに飛び込んだ。

そこは何もない真っ白な世界だった。

クルミになってからこれが空間を開いた初めてなのだから何もないのは当然ではある。

魔力量によって大きさが決まるクルミの空間はとても広かった。

クルミ以外誰もいない空間に向かってクルミは大声で呼びかけた。

「リディアー!!」

声が反響することなくどこかへ消えていくのを感じながら、しばらくその場に留まった。

目的の者が現れるのを信じて。

少しすると、何もなかったその場に、ふわりと現れた人。

長い純白の髪に金色の目をした優しげで美しい女性が浮かんでいた。

その背には四枚の羽がある。

クルミを見て胡乱《うろん》げな眼差しで見つめてくる女性に、クルミはにこやかな笑みを浮かべて近付いた。

「リディア、久しぶり」

『……あなた、誰?』

頭の中に直接語りかけてくるような声が響く。

警戒心を露わにしている彼女がこの空間を管理する時と空間の精霊リディアである。

クルミにとっては昔馴染《むかしなじ》みに久しぶりに会った感覚なのだが、前世とでは姿も変わったクルミを見て警戒するのは当然だった。

なんと説明したものか……。

「えーと、覚えてない?　昔、ヴァイトと一緒にここに来たことあるでしょう?　生まれ変わってきたの」

こてんと首を傾げるリディアからは若干向けられる感情が軟化したようだった。

ヴァイトの名を出したのが良かったのだろうが、まだ記憶を辿っているのか沈黙が落ちる。

そして少しすると、クルミを見て目を大きく見開いたかと思うと、クルミを指差して驚く。

『あなたまさか、賢者《けんじゃ》!?』

その呼び名に、クルミはガクッと崩れ落ちそうになる。

「賢者って……また懐かしい呼び名をよく覚えてたわね」

賢者というのはヴァイトが前世のクルミに付けたあだ名である。

段々と人が増え大きくなっていく国の資金繰りに困っていた時、相談されたクルミが解決策を提示したことで「お前は天才だ」となり、何故かそこから「お前は賢いから賢者だな」などと冗談で茶化《ちゃか》すために言っていたのがクルミの意に反して定着。

ヴァイトだけでなく、他の者達まで言い始めたのだ。

まあ、リディアのような精霊はヴァイトが言っていたからそう呼ぶようにしただけで他意はなかったが、他の者達はヴァイトに目をかけられているクルミに対する嫌味で言っていたのが見え見えだった。

『本当に、あの賢者なの？』

「その賢者です」

自分で賢者などというのはこっぱずかしいが、リディアに伝わるようにするためには肯定するしかない。

『信じられないわ。懐かしい』

リディアからは先程までの警戒は感じられなくなっていた。

代わりに、嬉しそうに表情を柔らかくさせる。

『あなたが帰ってくるなんて。あんな別れ方だったんだもの、私だって驚いたのよ』

「その節はご迷惑をおかけしました」

『あなたが死んだ後、ヴァイトったら荒れてヤダカインに怒鳴《どな》り込んだりして大変だったらしいわよ。私はここから出られないから他の精霊から伝えられただけだけど』

「どこまで知ってるの？」

『ほぼ全て知ってると思うわよ。あなたってば精霊殺しの魔法を作り出した弟子と揉《も》めたあげくに、殺されたんでしょう？』

「あはは……。さすが精霊はなんでも知ってるわね。っていうか、精霊殺しの魔法って何？」

『あなたの弟子が作り出した魔法のことを精霊殺しと私達は呼んでいるのよ。精霊を殺してしまう魔法。そのままでしょう』

「確かに」

クルミは苦笑を浮かべる。

前世、クルミは若いながらもその才能から弟子がたくさんいた。

そのうちの一人が決して手を出してはいけないところまで手を伸ばしてしまったのだ。

魔女の使う魔法は、世界に干渉し己の魔力をエネルギーに発動させる。

どれだけの魔法が使えるかは、使用者の魔力量で変わってくる。

それを弟子の一人が魔法陣に手を加え、より大きな魔法を使うべく、世界から強制的にエネルギーを徴収して使用する魔法を作り出したのだ。

その方法はより大きな魔法を使うことができたが、その反面、周囲から魔力という魔力を吸い取ってしまう。

精霊の力すら強制的に使ってしまうその魔法を危険視したクルミは、即座に使用を禁止させた。

この魔法は世界にとってよくないものだと判断したからだ。

しかし、それに不満を持った弟子は、あろうことか自分の方が優れている、クルミさえいなければ自分が一番の魔女だと恨み、最終的には邪魔となるクルミを殺した。

クルミは弟子の不穏《ふおん》な気配に気付いていていたが、どうしたらいいか分からなかった。

気付いた時には話し合いで解決する段階をとうに超えていたのだ。

その時に、殺されることよりもこれまでの研究が無駄になることを心配してしまったクルミは、根っからの研究者気質《かたぎ》だった。

大慌てで来世へと記憶を残す魔法を作り出した後は、ヴァイトに遺言を伝えることも忘れて、リディアに空間の保管を頼んだ。

そして、その直後に殺されてしまったのだ。

「ヴァイトには悪いことをしたなぁ」

『しばらく落ち込んでいたわよ。時が経ってもたまに思い出したようにあなたの話をしていたもの』

ますます申し訳なくなる。

しかし、ヴァイトには、たとえ周りを気遣う余裕があったとしても相談はしなかっただろう。

ヴァイトは竜王国の王様で、クルミはヤダカインの女王だった。

気軽に助けを求めるには互いに責任ある立場になりすぎた。

しかもクルミには、助けを求めてヴァイトの所に行っておきながら竜王国を捨ててヤダカインに逃げたという負い目もあった。

「ヴァイトは私が死んだことを知った後どうしたの？」

『大変だったわよ。あなたを殺した弟子を八つ裂きにしてやるって息巻いていたけど、あなたは竜王国国王であり、ヤダカインとは関係ないって言われて追い返されたみたい。それで、その後にはあなたを殺した弟子が次の女王になったらしいわね。それ以降、他国も精霊を殺してしまう魔法を使うヤダカインとは段々と交流を持たなくなっていって鎖国状態になっていったわ』

「そう」

クルミが返したのはその一言だけだった。

『それだけ？　もっと質問攻めにされると思ったわ』

「昔の話だしね。もう弟子もいないし、ヴァイトもいないんじゃ何かしようもないもの。数千年も経ってるんじゃあねぇ……。ただ、その精霊殺しの魔法がどうなったかだけは気になるかな」

『大丈夫よ。少し前に精霊殺しはヤダカインから排除されたから』

精霊の「少し前」がどれだけ前か分かったものじゃないが、解決されたなら問題ないのだろう。

今のヤダカインがどうなったかは、実際にヤダカインに行って確かめるしかない。

できることなら、そこで暮らす人々が幸せであることを願うばかりだ。

「本題に入るんだけど、前世で私が頼んでいたこと覚えてる？」

『ええ、覚えているわよ』

パチンとリディアが指を鳴らすと、今まで何もなかったその場は、たくさんの物で溢《あふ》れかえった。

どれもこれも見覚えのある前世で残していったものだ。

『約束通りあなたの空間は消さずに残していたから、この空間と繋げたわ』

「ありがとう！」

残していった物を手に取り確認しながら、その中にたくさんの魔石があるのを見つけ、クルミのテンションは一気に上がる。

これで当分魔石に困ることはない。

『戻ってくるから空間を消さずに残しておいてくれだなんて、あの非常識の塊のヴァイトですら言わなかったことを忘れたりしないわ』

「私もまさか本当に術が成功するとは思わなかったんだけどね。しかも、生まれ変わったのがここは違う世界だったからなお驚いたわよ」

『どうりで、それほど成長した姿になるまで接触がなかったわけね』

「話したいことはたくさんあるけど、そろそろ戻るわ」

『その方がいいわね。ここに人が居続けるのは危険だから』

この空間の中にあまり長くいると、人の精神に悪い影響を及ぼすのだ。

ヴァイトはリディアと契約していたのでちょくちょく遊びに来ていたようだが、契約をしていないクルミが長居をするのは危険だった。

「ちなみにだけど、リディアは私と契約する気はある？」

契約とは、簡単に言えば精霊が気に入った相手に力を貸したり加護を与えたりすることだ。

リディアは以前にヴァイトと契約をしていた。

ヴァイトがいない今、もし望んでくれたらと思ったのだが……。

『申し訳ないけどお断りするわ。今契約している人がいるの』

「そうなの、それは良かったわね」

リディアはこの空間の管理者。他の精霊のように外に出ることはできない。

そのことでヴァイトはリディアが一人で寂しがることをいつも気にしていた。

だからもし契約者がいないなら、契約して話し相手ぐらいにはなれるかと思ったのだが、すでにリディアの孤独を癒《いや》してくれる人がいるならクルミの出る幕はないと、クルミは素直に引いた。

「その契約者って、もしかして男じゃないわよね？」

『女性よ』

「それは残念。男だったらヴァイトが焼きもち焼いたでしょうに」

そう言うと、リディアは小さく笑った。

「まあ、たまに昔話がしたくなったら私を呼んで。暇潰しぐらいにはなれるから」

『ありがとう』

そうして作った入り口から帰ろうとした時思い出した。

「そうだ。できれば空間をいつでも開けるようにしてほしいの。ここを開くのにかなり苦労したんだから」

『生まれ変わっても精霊との相性の悪さは変わらないようね。いいわ。懐かしい再会を祝して特別サービスよ』

リディアはクルミの額を、トンっと人差し指で軽く触れるように突いた。

『これで祝福を与えたから、いつでも空間が開けるわ』

「助かるわ、ありがとう」

精霊の祝福は契約とは違い、複数の人にでも与えられる。

力を与え、その精霊の力を使いやすくする効果があるのだ。

これまで相性が悪くて空間を開けられずにいたが、リディアの力を分け与えられたことで空間を開くのに苦労することがなくなる。

空間を開くのに苦労しているクルミを見かねてヴァイトが頼んでくれたことで、前世でもリディアはクルミを祝福してくれていた。

なので、リディアも今のクルミを祝福することに忌避感がなかったのだろう。

すんなりと祝福を得られて良かったとほっとする。

「じゃあ、またね」

『ええ、また話しましょう』

リディアに別れを告げてから、クルミは空間を後にした。

これで魔法具が作りたい放題だとニンマリしながら。

第7話　使い魔

「やべぇ、マジどうしよぉぉ！」

突然勢いよく部屋に入ってきた頭痛の種に、少女は頭を押さえ、仕方なく作業の手を止める。

「ヴァイト、何度も言ってるけど私は忙しいの。研究は私の生きがいなんだから邪魔しないでよ！」

「だってよ〜。今、すっげぇ困ってんだよ」

少女に怒られたヴァイトに反省の色はない。

「だったらあなたの側近に相談すればいいでしょう。あなたがそんなんだから、あいつらに目を付けられて会う度に嫌味言われるんだから。私、あなたの愛人だと思われてるのよ⁉　冗談じゃないわよ！」

「まあまあ、そんな怒るなよ。一応否定はしてるんだけど、あいつら言うこと聞かなくてよ」

「あなた王様でしょうが！　舐《な》められてるんじゃないの⁉」

「そんなことない……と思う」

「そこはしっかり否定しなさいよ……」

少女もいい加減怒るのにも疲れてきた。

なにせ相手にはまったく効いていないのだから余計だ。

「せめて愛人って話だけでもなんとかしてよね」

「おう、分かった」

ニカッと笑って応えるヴァイトをじとっとした目で見る。

その笑顔に何度騙されたことか。

「……じゃないと、リディアにあなたの気持ち伝えるわよ」

ヴァイトに対してのみ効く伝家《でんか》の宝刀《ほうとう》を抜くと、途端《とたん》にヴァイトが慌てた顔をする。

「ちょっ、それ、待て！　それはマズい！」

このヘタレが！　っと、少女は心の中で罵声《ばせい》を浴びせる。

このヴァイトがリディアに恋心を抱いていると知っているのは少女だけだ。

さっさと想いを伝えればいいものを、未だに告白できないヘタレである。

たまに恋の相談をされる時には、自分より遥《はる》かに年下の小娘に何を相談しようとしているのかと冷たい目で見てしまう。

しかし、精霊に恋をしているなどという荒唐無稽《こうとうむけい》な話は、精霊信仰のある者達にはできないようだ。

精霊は畏怖《いふ》と信仰の対象であり、恋愛対象となる相手ではないという考えが常識だ。

精霊を信仰しているわけではない魔女である少女だからこそ、ヴァイトも気兼ねなく話せるのだろう。

面倒ではあるが、ヴァイトの弱みを手にしたと思えば気分もいい。

だが、そのせいで今まで以上につきまとわれ、周囲から愛人呼ばわりされるのは我慢がならない。

「だったらなんとかしてよね。お、う、さ、ま」

「分かったよぉ」

頭を掻《か》きながら唇《くちびる》を尖《とが》らせていじけるヴァイトに、やれやれと溜息を吐く。

なんだかんだで少女もこのヴァイトには弱いのだ。

「で、困ったことってなんなの？」

「おー、そうだった。最近さ、すげぇ人増えたじゃんか？」

「確かに増えたわねぇ」

ヴァイトを頼り集まった人々を受け入れ竜王国としたが、その話を聞き、さらに助けを求める人達が集まってきていた。

「ぶっちゃけ、資金難なんだよ。この国にはまだ特産品なんてないしさ。なあ、どうしたらいい？」

「それをまだ十数年しか生きていない小娘に聞くわけ？」

「いやぁ、お前なら何か良い案出しそうだからさ」

少女の眉間に皺が寄る。

少女が不機嫌なことに気が付いた様子のヴァイトは両手を合わせて懇願する。

「頼むよぉ。なんかない？」

「なんかと言われてもねぇ……あっ」

ふとあることが頭に浮かんだ。

「おっ、なんか浮かんだか？」

浮かぶには浮かんだが、これまた精霊信仰の強い者達には非難されそうだった。

「あなた、地の精霊と契約してたでしょう？」

「おう、カイのことか？」

ヴァイトは時の精霊リディアの他に地の精霊カイと、花の精霊リラという精霊と契約していた。

「そうそう、そのカイよ。リラから小耳に挟んだんだけど、カイは地の精霊だから鉱物……つまり、宝石とかも作ったりできるそうよ。精霊が作ったその宝石を精霊信仰の厚い国とかに売りつければ高額で取引されるんじゃないの？」

「おー、それだ！」

「まあ、カイが協力してくれるかが問題だけど」

「それなら大丈夫だろ。あいつ気前良いから」

「じゃあ、ぼったくってやりなさい。特に奴隷制度が酷い国とかを相手にね」

「おー、それいいな」

あっさりと解決したが、どうやらこれで竜王国の財政状況はなんとかなりそうだ。

「じゃあ、とっとと出てってくれる。研究の続きしたいから」

研究を一時中断させられている少女は、そう言ってヴァイトを睨んだ。

まあ、本人は全然気にした様子はなく、解決策が見えて満面の笑みだ。

「了解、了解。やっぱお前に相談して良かった。本当にお前は頭がいいな。こういう奴をなんて言うんだっけ……。そうそう、賢者だ。今日からお前は賢者だな！」

「ちょっと、変なあだ名付けないでよ！」

「じゃあ、またなー、賢者」

「だからっ……」

少女の叫びは届かず、ヴァイトは意気揚々と去って行った。

以降、少女は賢者と呼ばれるようになってしまった。

🐾 🐾 🐾 🐾

「……なんか、懐かしい夢見た」

決して良くはない夢見に目を覚ましたクルミの眉間には、深い皺が刻まれる。

前世の夢を見ることは最近なかったのだが、やはり昔なじみのリディアと会ったせいだろうか。

珍しくおばあさんに起こされる前に目を覚ましたクルミは、おばあさんの娘が使っていたという服に着替える。

外を見ると、今日はあいにくの雨。

畑仕事は休みだ。

朝食を食べ終えたクルミは部屋へ戻ると、ニンマリと微笑んだ。

やることもないので今日は一日魔法具作りに費やすのだ！

早速前世の遺産の中から魔石を取り出した。

それはクルミが自分の魔力で作った米粒サイズとは大違いの拳《こぶし》ほどの大きさがある魔石だ。

これは魔力の溜まり場であるヤダカインで採れた、自然から産まれた魔石である。

普通はこれほどの大きさの物を見つけるのはかなり難しいが、前世のヤダカインではそこらの道《みち》端《ばた》にゴロゴロと落ちていたのだ。

それをせっせと集めるのが前世での日課であったことを思い出す。

そのおかげか、前世の空間と繋げたクルミの空間の中には、そう簡単には使い切れないほどの魔石が山積みになっている。

しばらく魔石で困ることはない。

この魔石だが、硝子のように透明で、宝石のようにキラキラと輝いている。

魔石を知らぬ者だったら、普通に加工してアクセサリーにでもしそうだ。

けれど、分かる者にはこの石から発せられる濃密な魔力に気付くだろう。

居場所を求めて辿り着いたヤダカインだが、良質な魔石が採れるという点で魔女にとってあれほど住みやすい場所はなかった。

結果的には竜王国から離れて良かったのかもしれない。

「さてと、おばあさんの要望通りに魔法具を作っていきますか」

とは言え、この魔石では少し大きすぎる。

なので、クルミはまずこの魔石を割ることにした。

一見すると普通の石のように硬いが、魔石に魔力を流しながら『割れろ』と小さく分解された魔石を想像すると、直後に魔石はバリンっとその形を細かく分けた。

魔石はこうして魔力を流すことで自由自在に形を変えることができるのだ。

今回は割ったが、粘土のように別の形に変えることもできる。

そうして好きなように魔法具に最適な形にするのだが、今回はごくごく単純な着火するだけの魔法具なので魔石の形そのままで問題ない。

一つの魔石を複数に分けたことで、それぞれに含む魔力も分散することになるが、刻むのは簡単な魔法なので消費する魔力も少なく、それだけでも数年は使い続けるだけの魔力はあるだろう。

老夫婦に米粒のような魔石の魔法具を渡しておいて、他の村人に大きな魔石を使ったものを渡すわけにもいくまい。

手間と時間をかけたのが前者だとしても。

均一に分かれた魔石を確認したクルミは、机の上に用意した紙に魔法陣を描き込んで、先日作った時のように魔法陣の真ん中に小さくなった魔石を置き、複数の魔石に一気に魔法陣を刻み魔法具にする。

「よしよし、これだけあれば村人全員に行き渡るでしょう」

出来上がった魔法具を見てクルミは満足そうにする。

こうなってくると、どんどん魔法具が作りたくなってくるというものだ。

次に何を作ろうかと頭の中で考えながら、クルミはふと前世で他に研究していたのはなんだったろうと振り返る。

前世の記憶を来世へ残す魔術を研究したのが、最後にしていたものだったのは覚えている。

殺されそうだったので、突貫《とっかん》で仕上げた魔術だった。

けれど、それまでに研究していたのは……。

「……あー、使い魔だ」

そう、当時一番力を入れていたのが、使い魔を作る魔術。

自分の命令を忠実に守る生き物の生成である。

自身の魔力で作り上げるので本当に生きたものとは言えないが、当時のクルミは自分を絶対に裏切らない味方が欲しかった。

それは、魔女ということで迫害されてきた前世のクルミが持つ心の闇《やみ》だったのかもしれない。

まあ、ただ単にペットが欲しかっただけというのもある。

結局魔術を完成させたものの、実際に生成することはなく死んでしまったが。

あれを今作ってみようかと、クルミの好奇心が躍《おど》りだす。

「確か、研究資料があったはず……」

空間を開いて、手当たり次第に研究内容を書いたノートを何冊も取り出す。

「えーと、どこに書いたかな」

ノートには日付を書いていたので、それを確認しながら一番新しいのを探す。

念のためにと日付を書いていて良かった。おかげで探しやすい。

「これじゃない、これでもない、これは……。あった、これだ！」

テーブルの上に山のように積まれたノート。

こんなに書き溜めていたことに感心しながら、必要のないノートは再び空間にしまった。

そして、使い魔に関する資料を読んで頭の中に入れていく。

そうだこんな内容だったと思い出しながら読み進める。

いくら前世を覚えているとは言っても、十八年クルミとして魔法や魔術とは無縁の世界で生きてきたのだ。

覚えていないこと、すっかり忘れてしまったことも多い。

それは魔術に関してもそうなので、これから穴埋めしていくのが大変だろう。

複雑な魔術ほど魔法陣も難解になっていくので、しばらくは記憶の整理に従事するべきかもしれない。

とりあえずは、やる気になっている使い魔の生成をすることにする。

資料を読み込み、紙に魔法陣を描くべくペンを取った。

着火するだけの魔法陣とは違う、より精密で複雑な紋様のような文字を書いていく。

細かいこの文字列の一つでも間違えれば魔術は発動しないので、クルミも慎重にペンを動かしていく。

書くだけで数時間は経っただろうか。

途中で食事だとおばあさんが部屋の外からノックをしてきたが、クルミは辞退してそのままペンを動かし続けた。

そうとうな集中力で描き上げた魔法陣は、前世を含めて比較しても複雑難解。

これを読み解ける者はそう現れないだろうと自信を持って言える、前世のクルミの魔術研究の集大成とも言えるものだった。

まあ、大袈裟《おおげさ》に言っているが、短い生涯での集大成である。

もっと生きていればさらに凄《すご》い魔術を生み出すこともできただろうに、本当に前世の短命さが惜《お》しまれる。

まあ、代わりに今世は存分に魔術研究に人生を費やすつもりでいるから、今さら過去はどうでもいい。

出来上がった魔法陣の上に、クルミが持つ魔石の中で最も質の良い魔石を空間から取り出して置く。

どんな使い魔を作ろうかと頭で想像しながら、形が確定すると、針を用意する。

綺麗に拭いてから消毒代わりに火であぶり、人差し指の腹をプスリと指す。

痛みに一瞬顔をしかめたが、刺した所から血がぷくりと溢れてくる。

その血を自身の魔力と共に魔石の上から垂らした。

痛いのはできるだけ避けたいクルミだが、これは使役者が誰かを記録するために必要なことなので仕方がない。

そうして血に濡れた魔石を中心に置いた魔法陣に、クルミはありったけの魔力を流し込んだ。

魔法陣が光ると共に魔石も輝き、その形が次第に変化していく。

そして最後にカッと部屋を包むほどの光が発した。

クルミはあまりの眩《まぶ》しさに目を細めるも、魔石から目は離さない。

そして次第に光が落ち着いていくと……。

「成功⁉」

期待に胸を膨《ふく》らませる。

光が収まったそこに現れたのは、お世辞にもスリムとは言えないおデブなオカメインコがデンっと鎮座《ちんざ》していた。

つぶらな瞳《ひとみ》でクルミを見るインコは、人が手を上げるように片方の羽を広げて挨拶をしてきた。

「あんたが主《あるじ》はんでっか？　よろしゅう頼んます」

使い魔の第一声に、クルミの笑顔が凍り付き言葉も出ない。

「…………」

「いややわ。無視でっか？　最初の挨拶は肝心《かんじん》やで。親しき仲にも礼儀ありって言うやろ？」

「……関西弁？　なにゆえ？」

ようやくクルミの口から出たのは疑問だった。

おかしい。関西弁などという情報は入れていないはず。

しかもなんだ。このおデブインコは。

普通のオカメインコを想像して作ったはずなのに……。

クルミは使った魔法陣を調べ始めた。

パラパラとノートをめくって、実際に書いた魔法陣とノートの記録とを比べるがおかしな所は見つけられない。

そもそもの魔法陣が間違っていたのかと考えて、一文字ずつ確かめていく。

それでも関西弁になる理由が分からない。

「おーい、主はーん」

「感動の初対面やのに無視するってどないやねん」

「バグった？」

それしか考えられない。

ようやく使い魔に視線を戻したクルミは、何度見ても変わらないその姿を目にして……。

「……いっそ魔石に戻して作り直す？」

思わず飛び出した不穏な言葉に、使い魔はクワッと目をつり上げ抗議する。

「そんなせっしょうな！　せっかく生まれてきたのにこんな短時間でお払い箱なんて理不尽《りふじん》やわ。こんな可愛いわいを作り直したら一生後悔するで」

ギャーギャーと騒ぐ関西弁インコ。

「いくら主はんと言えど魔石に戻したら恨むでぇ！　デブの何が悪いんや。可愛いやないかい！よく見てみい。この思わず頬ずりしたくなるぽっちゃりなフォルムと、モフモフ加減。それに関西弁の何があかんのや。関西人に喧嘩売ったで自分」

「分かった、分かった！　このままでいいわよ」

「分かればええんや」

魔石に戻されないと言質《げんち》を取ってほっとした使い魔は、ふうっと安堵の息を吐く。

クルミはというと、ちょっと使い魔を作ったことを後悔していた。

まさかこんなに自己主張の強い使い魔ができるとは思わないではないか。

また同じようなのを作らないように、魔法陣のどこが悪かったか調査が必要なようだ。

「とりあえず、あなたの名前付けるわね」

きちんと使役するためには名付けることで正式な契約となる。

「ええ感じの、頼んます」

「えーっと……ナズナ……とかは？」

「おお、ええやん。可愛いわいにはぴったりやな。おおきに、主はん」

「私はクルミよ。これからよろしく、ナズナ」

「よろしゅう、主はん」

こうして、当初の想像とはまったく違った使い魔が仲間に加わった。

第8話　魔法具で村の改革

「主はんは何作っとるんでっか？」

先日作ったばかりの使い魔であるナズナがクルミの手元を覗き込んでくる。

ナズナを作ったはいいものの、この普通に会話するインコの存在をどう老夫婦に説明しようかと後になって悩んだ。

素直に魔術と言うべきか……。

この時、何故か言わない方が良いような気がしたクルミは、ナズナに人前では普通のオカメインコとして振る舞うようにと命じ、老夫婦には森で食べ物をあげたら懐かれたということにした。

「うーん、この前は村の人達全員に火を点ける魔法具を配ったでしょう？」

「随分喜んではったなぁ」

「ほんとにねぇ」

ナズナを作る前にたくさん作った火を点ける魔法具は、翌日村人全員に渡して歩いた。

すると、それはもう飛び上がらんばかりに大喜びをしてくれた。

それに関しては嬉しいが、あんな簡単な魔法具であれほど喜ばれると逆に心苦しくなる。

あれは魔女なら初歩の初歩で習う魔術なのだ。

それこそナズナを作る片手間でできるほどに簡単な魔術である。

魔法がない暮らしなので、ちょっとした魔法でも楽にしてくれるものが大袈裟なほど嬉しいのは分かる。

お礼にとたくさんの野菜や肉をもらってきたので、それは全ておばあさんに渡して、その日の夕ご飯になった。

そして、そこまで喜んでくれるならと今作っているのが……。

「他にも作ったら喜んでくれると思って、今度は浄化の魔法具でも村に設置しようかなって」

汚れを落としてくれる浄化の魔法。

この村で使われているお風呂《ふろ》は、いわゆる五右衛門《ごえもん》風呂のようなものだ。

一応お風呂に入る文化はあるようで安心したが、水は井戸からわざわざ運んでこなければならないので、湯に浸《つ》かれるほどの水を溜めるには井戸とお風呂を何往復もしなければならず、お風呂に入るのも一苦労なのだ。

畑仕事などをした後は汗や土で汚れてしまうのですぐにでも入りたいと思うが、そんな理由があって簡単には入れない。

そこはボタン一つで沸く地球のお風呂が恋しいが、文句を言っても仕方がない。それに、この世界には魔法がある。

浄化の魔法ならば、わざわざお風呂を沸かさなくても全身の汚れを綺麗《きれい》にすることができる。

誰でも使えるように村の中心にでも設置すれば、きっと村の人達も喜ぶと思ったのだ。

というか、クルミが欲しかった。それはもう切実に。

十八年間日本で生まれ育ったクルミとしてはお風呂に入る方が汚れを落とした気がしていいのだが、このさい我儘《わがまま》は言わない。

それに前世では、この浄化の魔法はごく一般的だった。

竜王国に暮らす人達のほとんどが魔法を使えたというのもあるだろう。

竜王国ではお風呂は主流ではなく、浄化の魔法で綺麗にする者がほとんどだった。

簡単に綺麗になるのだから、この村でも重宝されることだろう。

「そら、喜びそうやな」

「でしょう」

行商が来るまでの間に、この村をカスタマイズする気満々であった。

少々面倒臭がりなところがあるクルミだが、生活を楽にするための労力は惜しまない。

それに久しぶりの魔法具の制作でテンションが上がっているというのもある。

魔法具を作りたい衝動《しょうどう》が抑えられないのだ。

無心で魔法陣を描いていると、それを見ていたナズナが「あっ」と声を出した。

「ここ間違っとんで、主はん」

「えっ、どこ⁉」

「ここ、ここ」

ナズナが足で示した所は確かに文字が間違っていた。

クルミですら思わず見落としてしまったほどの小さな間違い。

けれど、その小さな間違いで魔術は発動しなくなる。

「ほんとだ。ありがと。ナズナがいて助かったわ」

「そやろ。わいは有能な使い魔やからなぁ」

ドヤ顔するナズナの頭を優しく撫《な》でてやる。

使い魔には血と魔力とともに、使役者の知識や記憶も受け継がれている。

なので、ナズナはクルミの地球で生きた記憶と共に前世の記憶、そして、これまで培った魔術や魔法具の知識も有している。

言わばクルミの分身のようなもの。

それ故、魔法陣の間違いを指摘することができるのだ。

最初は失敗したと思っていたが、なんだかんだで役に立つ助手になっている。

未だに関西弁のおデブインコになった理由は判明しないけれど、そこはもう諦めることにした。

「村を改良するのもええけど、わいにもなんか魔法具作ってほしいわ。せやないと、いざという時役に立たれへんし」

「確かにね」

ナズナはクルミの魔力で動いている。

今も見えないが、クルミとナズナの間には魔力の繋がりがあり、離れていても魔力を供給し続けている。

その魔力を使い、ナズナは魔術や魔法具を発動できるが、鳥の姿であるナズナに繊細《せんさい》な魔法陣が描けるはずもなく、まだ魔法具も与えてはいない。

今はまだ、ただの口が達者なおデブインコでしかない。

「そうね。じゃあ、これが終わったらナズナの魔法具作りましょう」

「よっしゃぁ〜」

ナズナが羽を広げて喜びを表現する。

クルミは空間からいくつか魔石を取り出してナズナの前に置く。

「これに魔力流して、好きな形に変えといて。身に着けやすいようなのにね」

「任せとき。可愛いわいに似合うの作ったるでぇ」

やる気満々のナズナに任せ、クルミは浄化の魔法具の制作を再開した。

そうして作られた魔法具は村の広場の中心に置かれることとなった。


浄化の魔法具を設置した翌日、クルミは家の裏庭で隣の家に住む大工からもらった木の板をギコギコとのこぎりで切っていた。

もちろん、必要な畑仕事や諸々《もろもろ》の手伝いを終えた後にだ。

肉体労働をした後だが、強化魔法を使っていたのでまだまだ元気いっぱいのクルミは、一心不乱にのこぎりを動かす。

をしている。

「おっ、クルミちゃん。今度は何を作ってるんだい？」

そこへおじいさんが様子を見に来た。また何かをしようとしているクルミへの好奇心に満ちた顔をしている。

「おりゃぁぁ！」

「ふふふっ、できてからのお楽しみです」

クルミは手を止めてにっこりと微笑む。

もったいぶったクルミの言葉に、おじいさんは「ははははっ」と、大きく口を開けて笑った。

「それは楽しみだ。クルミちゃんが来てから村が過ごしやすくなって楽になったよ。特にあの浄化の魔法具だっけか？　あれはいいねぇ。この年になると風呂を沸かすのも一苦労だから、つい濡らしたタオルですませることが多くてね。仕事が終わった後は汗だくでほんとは風呂に入りたいけど、大変だから不快でもそのままって者達が多かったから、皆クルミちゃんに感謝していたよ」

「喜んでもらえたなら作った甲斐《かい》があります」

「さっき様子を見てきたけど大人気で行列ができてるよ。小さな子供がいる母親にも好評だそうだ。子供を風呂に入れるのは大変だからね。その点あの魔法具なら一瞬で綺麗になるんだから母親連中が大絶賛していた。魔法ってのはすごいねぇ」

「うーん、もう一個設置した方がいいかもですね」

村人の人数を考えて一つでは少なすぎるかと思案する。

仕事終わりに綺麗にしたいという自分の欲求を解消するためのものだったが、ママさん達にも人気だというのは予想外だった。

確かに子供はすぐに汚すし、お風呂に入れるのも大変だろう。

まさかそれほど需要があるとはクルミも思わなかった。

「村の連中がお礼にって、たくさんの食材を持ってきたから今日もご馳走《ちそう》だよ。ばあさんが張り切っていたから夕ご飯は楽しみにしているといいよ」

「わあ、楽しみです。後で皆さんにお礼を言わないといけませんね」

「魔法具のお礼なんだからお礼を言わなくても大丈夫だろう。それより、今作ってるそれが完成したら見せておくれ」

「はい！」

そう言って家に入っていったおじいさんを見送り、クルミは再びのこぎりを握り直した。

ふと視線を向けると、切り株の上に置いた鏡の前でポーズをとりながら全身をくまなくチェックしているナズナの姿が目に入った。

鏡はクルミの空間にあったものだ。

ナズナが執拗《しつよう》に鏡を要求するので渡してやったら、ずっとあの調子だ。

そんなナズナの首にはチョーカーと、両足にはリング、背中には小さなリュックが装備されている。

昨日ナズナの要望を受けてクルミが作った魔法具だ。

魔法を刻んだのはクルミだが、あの形にしたのはナズナなので、自分に似合っているか確認しているのだ。

それにしたって見すぎだろうと思うが、「やっぱり、わいって可愛いな」と自画自賛《じがじさん》して自分の姿に陶酔《とうすい》している。

とんだナルシストインコだ。

いったい魔法陣のどこを間違えたのだろうかと、ますます疑問が浮かぶ。

しばらくすれば気がすむだろうと放っておくことにして、クルミは作業を続けた。

寸法通りに木の板を切ると、それを釘《くぎ》で打ち付けて形にしていく。

大工作業は慣れないが、それなりに形になったのではないかと満足げにするクルミの前に出来上がったのは、木の箱。

上と下に分かれており、ちゃんとそれぞれに扉も付いている。

素人《しろうと》が作ったので多少歪《ゆが》んでいるが、それもご愛敬《あいきょう》だ。

「ふう、やっとできた！」

「おっ、やっとでっか？」

気がすんだらしいナズナが飛んできてクルミの肩に止まる。

「おー、けっこう形になっとるやん」

クルミは空間から鉄の塊を取り出すと、それを箱の上に乗せ、箱を中心に魔法陣を描く。

魔力を流すと鉄の塊が溶けだし、木の箱を覆うように薄く広がっていく。

隙間なく、塗ったように鉄で覆われた箱が出来上がった。

「後はこれに魔石を埋め込んでっと……」

箱の奥にはくりぬかれた部分があり、そこに丸い魔石を埋め込む。

下の方にも同じように埋め込み、扉を閉めてしばらく待つと……。

「よしっ！　ちゃんと冷えてるわね」

「冷え冷えやなー」

簡易的だが冷蔵庫の完成だ。

上と下を仕切ったのは、上は冷凍室になるように別の魔法陣を刻んだ魔石を埋め込んだからだ。

これなら、氷も作れる。

最近村の人達から肉や野菜といった食料をたくさんもらうので、それをできるだけ腐らせずに保存できないかと考えた末の魔法具だった。

地球の知識があればこその発想だ。

さっそくおばあさんのところへ持っていくと、食料を腐りにくくさせるこの冷蔵庫に、おじいさんと二人で驚きと喜びで大いに満足のいく反応をしてくれた。

作った甲斐があるというものだ。

「まあまああまあ、クルミちゃんたらこんなすごい物を作るなんて……。本当にこれをもらってもいいの？」

「どうぞどうぞ。そのために作ったんですから」

「おったまげた。クルミちゃんは天才だな」

「魔法ってすごいのね。氷まで作れるなんて、ありがたいわぁ」

魔法のないこの村で氷などというものは真冬にだけ手に入れられる物だ。

それがいつでも作れるというのだから、魔法も魔術も、そして冷蔵庫などという電化製品も知らない者には素晴らしいもののように映っていることだろう。

クルミは終始得意げであった。

そうこうしていると、あっという間に時間は過ぎ、行商が村にやって来た。

第9話　裏切り

たくさんの荷を積んだ荷馬車に乗って行商人がやって来たのは、クルミがこの村に来てから一カ月を少し過ぎた頃だった。

この行商人は商品を売りに来るだけでなく、帝都での出来事や噂話、さらには帝都で流行《はや》っている物語や商品なども伝えてくれるとあって、大人のみならず子供達も行商人の訪れは待ちに待ったものだ。

これから村の広場に向かう行商人の後を、子供達が楽しそうに追いかけている。

行商人は四十代ぐらいの中年の男性と、もやしのようにひょろりとした細身の二十代ぐらいの男性との二人だ。

広場に着き、行商人の二人が荷馬車から降りてくると、村長が挨拶をする。

「遠いところ来てくれてありがとうございます。首を長くして待っていましたよ」

「いやいや、仕事ですからな」

どちらかというと、客である村長の方がへりくだっている印象を受けた。

だがまあ、それも仕方がないのかもしれない。

帝都からも離れたこの村に、わざわざ商品を持ってきてくれる行商人の存在はとても大事なのだ。

行商人が来なくなると、ここから馬車で何日もかかる遠い大きな町まで買い出しに行かねばならない。

来てもらう方の立場が弱くなるのは当然だった。

「さて、じゃあ、早速準備をしましょうかね。おい」

「はい」

中年の行商人がもう一人の若い人を呼ぶと、若い人は絨毯《じゅうたん》のような布を敷き、その上に商品を並べていく。

奥さん方は財布を片手に、並ぶのを待つのも我慢ならないというように目をギラギラさせて商品が並ぶそばから見定めている。

どこの世界も女性の買い物への熱はすさまじいものだ。

巻き込まれないように遠目に見ていると、「クルミちゃん」と、中年の行商人と話していた村長に呼ばれる。

「はい。なんですか？」

「今、クルミちゃんのことを彼に話していたところなんだ。大きな町まで連れて行ってくれるように頼んだら、了承《りょうしょう》してくれたよ」

「本当ですか⁉　ありがとうございます！」

町に連れて行ってもらえるように交渉しなければと思っていたのだが、どうやら村長が話を通してくれたようだ。

「どうも、はじめまして、可愛いお嬢さん。町に行きたいというのはあなたかい？」

「クルミです。よろしくお願いいたします」

差し出してきた行商人の手を取り、握手をする。

人の好さそうな笑みを浮かべる行商人は優しそうな雰囲気《ふんいき》で、クルミは安堵した。

大きな町まで数日間一緒に過ごすことを考えたら、気の良さそうな人の方が気持ちが楽だからだ。

「帝都に行きたいそうですね。我々は町までの案内になりますが、よろしいですか？」

「はい。その後は自分でなんとかしますので。お願いできますか？」

「我々は構いませんよ。こんな可愛らしいお嬢さんと少しの間でも旅をご一緒できるなんてこちらからお願いしたいぐらいだ。ははは っ」

「可愛らしいだなんて……」

可愛いなどと普段言われないクルミは、内心で舞い上がるほど喜んでいた。

さすが商人。言葉が上手《うま》い。

「いや、主はん、お世辞やお世辞」

クルミの肩に乗っていたナズナが耳元でぼそりと呟《つぶや》いたので、指で上下のくちばしを押さえ付けた。

せっかく人が気分を良くしていたというのに。

それに、誰かに聞かれていたらどうするのか。

「今日は村長の家に泊まらせてもらうので、明日の出発でよろしいかな？」

「はい、大丈夫です！」

そんな会話をしていると……。

「えー、クルミちゃん行っちゃうの？」

「やだー」

「もっと面白いの作ってー」

そう言って縋《すが》り付いてきたのは、村の子供達だ。

畑仕事や研究の合間に、子供の遊び道具なんかも作って与えていたらなんだか懐かれた。

どちらかというと、クルミが恋しいというよりクルミの作る遊び道具が目当てな気がしないでもないが、惜しまれるのは素直に嬉しい。

「また機会があったらこの村に来るわよ」

「本当に？」

「うん。その時はもっと面白い遊び道具持ってくるわ」

「やったー！」

「早く戻ってきてね」

無邪気な子供達は再度懇願してから、若い行商人が荷台から出したお菓子に群がっていった。

呆気ない人気である。

お菓子に負けてなんだか切ない気持ちになっていると、中年の行商人が村の広場に置いてある魔法具に目を付けた。

「あれはなんですかな？」

「ああ、あれはクルミちゃんが作ってくれた浄化の魔法具ですよ。あれのおかげで村の者達がいつでも綺麗になれて重宝しているんですよ」

村長が答えると、中年の行商人は驚いた顔をしてクルミを見た。

「魔法？　お嬢さんは魔法が使えるのですか？」

「ええ、まあ。でも私が使うのは精霊魔法ではなく、魔術ですが」

行商人ならば精霊魔法と魔術の違いが分かるかと少し警戒したが、特に反応は見られなかった。

魔法の違いというより、魔法が使えることへの驚きだけのように見える。

帝都にも行くこともあるというこの行商人が精霊魔法ではない魔術に反応しないということは、この数千年で魔女は随分とマイナーな存在になってしまったのかもしれない。

「ほう、それは素晴らしい！　しかも、あの魔法具を作れるとは」

「魔法具を知っているんですか？」

魔法具は魔女が作るものだ。精霊魔法と魔術の違いが分からない行商人が知っているとは思わないのだが……。

「帝都では魔法具を売っている店もありますよ。宮殿の魔法使いの中でも優秀な魔法使いが作っているとか。魔力がない者でも魔法が使えるのは嬉しいのですが、高価な物なので一般市民にはなかなか手が出せる物ではないです。私も何度か目にしたことはありますが使ったことはないですな」

「そうですか……」

もしかしたら、魔女が作る魔法具とはまた別の作り方の魔法具が存在するのかもしれない。

それか、魔女の知識を持った者が宮殿にいるかだが……。

まあ、クルミが生きた時代から数千年が経っているのだ。

魔法の技術が進歩したとも考えられるが、確かなことは分からない。

ますます、帝都で情報収集をした方が良さそうだと考える。

「このような辺境でお目にかかれるとは思いませんでしたよ。お嬢さんは他にも魔法具を作れるのですか？」

「え、ええ」

「ぜひ、見せて下さいませんか？」

目をキラキラさせて懇願される。

前のめりで来るあまりの押しの強さにクルミがのけぞるように引いていると、代わりに村長が我がことのように自慢げに話し始めた。

「クルミちゃんは、これまでに火を点ける魔法具を村人全員に配ってくれましてね。他にもれいぞうこ、なる食材を腐りにくくしたり氷を作ったりできる便利な物もあるんですよ。他にも蝋燭に代わる灯りを作ってくれたりしましてね」

「おお、それはぜひとも見せていただきたいですな」

「では、こちらにどうぞ」

村長と共に中年の行商人が行ってしまったので、クルミはほっとする。

やはりクルミの作る物は人間には珍しい物が多いようだ。

ならば町へ行っても、それを売買して生計を立てられるのではと考える。

クルミとしては、好きな魔法研究と魔法具作りができてお金も稼げる。

好きなことをして好きに生きられるのはとっても素敵なことではないか。

そこでまた前世のように魔女だからと迫害されたらヤダカインにでも行けばいい。

まあ、そこが今どんな状況か分からないので、一度様子を見に行かねばならないが。

けれど、魔法具というものがすでに帝都にあるのなら、そこまで迫害される心配をする必要はないかもしれないと、少し先の未来が明るく感じられた。

家に帰ったクルミは、明日出発するということで、これまでお世話になった老夫婦にお礼を告げた。

「本当にありがとうございました。おじいさんとおばあさんのおかげでなんとかなりました」

クルミは二人に深々と頭を下げて感謝の意を伝える。

「あらあら、そんなことといいのよ」

「そうだぞ。むしろ感謝しなくてはならないのはこちらの方だ。色々と便利な道具を作ってくれてすごく暮らしやすくなった」

家の中にはクルミが作った冷蔵庫が食料を保存し、夏でも氷が使え、天井には蝋燭ではない魔法の灯りが昼間のように部屋を明るく照らし、いつでも調理できるように火を点けられる魔法具がある。

実は他にも、井戸まで行かなくても蛇口《じゃぐち》をひねるだけで水が出る魔法具なんかもキッチンに設置しており、この家はかなり便利な環境にカスタマイズされていた。

これは、クルミなりのお礼の品々だ。

本当はもっと納得いくまでリフォームしたかったが、時間が来てしまったので仕方がない。

クルミ的には不満が残る結果だが、老夫婦にはたいそう感謝されたのでそれに関しては満足だった。

「はい、クルミちゃん。これ受け取って」

そう言っておばあさんはクルミの手を取って、手のひらの上に小さな巾着《きんちゃく》を載せた。

チャリンと音を鳴らしたそれの中を開いてみると、お金が入っていた。

物価や貨幣に関しては村の奥様方に聞き込み済みである。

その情報から考えると、いささか多すぎる気がした。

「えっ、こんなに？」

「いいのよ、もらってちょうだい。帝都は物価も高いから。これくらいしか渡せなくてごめんなさいね」

「クルミちゃんにはたくさん手伝ってもらったからね」

にっこりと優しく微笑む老夫婦の笑顔にクルミの鼻の奥がツンとした。

「あ……ありがとうございます……」

なんて優しい人達だろうか。

クルミは親切心に触れて涙が込み上げてきたがグッとこらえる。

帰ってきたこの世界で、最初に出会えた人がこの人達で良かったと心から思った。

「じゃあ、今晩はクルミちゃんのお別れ会ね。腕によりをかけてご馳走作っちゃうわ」

「おお、そうだな。パーティーだから今日行商人から買ったお酒を開けるか」

「そんなこと言って、あなたはお酒を飲みたいだけでしょう」

「バレたか」

その場に笑い声が湧き起こる。

「私絶対にこの恩は忘れません。魔法具は数年したら使えなくなるだろうし、またここに来てもいいですか？」

「ああ、もちろんだよ」

「いつでも帰ってきて。もうクルミちゃんは私達の娘同然ですもの。歓迎するわ」

この村での最後の晩餐《ばんさん》は笑顔に包まれたものだった。

「じゃあ、クルミちゃん。留守番頼むね」

申し訳なさそうにするおじいさんに、クルミは元気よく頷く。

「はい」

「やっぱり私は残ろうかしら。最後の日だっていうのにクルミちゃんを一人にしておくのも可哀想だわ」

おばあさんはそう言って心配そうにするが、クルミは笑顔で答える。

「大丈夫ですよ。毎回決まっている集まりなんですから行ってきて下さい」

「そう？」

「どうぞ、どうぞ」

「じゃあ、お言葉に甘えて行ってくるわね」

「はい。いってらっしゃーい」

クルミは手を振って老夫婦を送り出した。

なんでも、行商人が来た時は、村長の家に大人達が集まって行商人の歓迎会が夜通し行われるのがお決まりらしい。

行商人がまた来てくれるようにというのもあるが、行商人から外の情報を仕入れる場でもあり、村の人が外のことを知れる貴重な機会でもある。

それを自分がいるからと老夫婦の楽しみを奪いたくはなかった。

この村にいる最後の夜が一人というのは少し寂しいが仕方がない。まあ、ナズナはいるので一人ではないし。

「明日からの旅に備えて空間の中の整理でもしておくか」

気分を入れ替えて、空間から物を次々に取り出して部屋に並べる。

数千年前の物ばかりなのでクルミも何を入れたか思い出すためにも整理は必要だった。

「えらいたくさんありまんなぁ」

パタパタと飛んできたナズナが、クルミの空間の中に入っていた荷物を見て感嘆する。

「おっ、これも魔法具でっか？」

「ん、どれ？」

ツンツンとくちばしで突《つつ》いた後、ナズナはそれをくわえてクルミの元に持ってきた。

「うわー、懐かしい。そう言えばこんなの作ったなぁ」

ナズナが持ってきたのは綺麗な彫刻がされた金色の腕輪である。

内側を見ると、じっくりと見なくては分からないほど繊細な魔法陣が刻まれた跡がある。

これは前世でクルミが作った魔法具だ。

「どういう魔法具なんでっか？」

「これはね……」

ナズナを見てクルミはニヤリと笑う。

それを見たナズナはじりじりと後ずさった。

「なんや、やな予感が……」

「ほいっと」

クルミは腕輪をナズナの首に掛けた。

自動で大きさを調整する機能を持ったそれは、ナズナの首にぴったりと合うように大きさを変えた。

直後、ナズナの姿が変わり、そこにいたのは一匹の茶色い猫。

若干ポッチャリしているのはナズナが元だからだろう。

違和感を覚えるものの何が起こっているか分からないナズナはキョロキョロとしている。

クルミは笑いを噛《か》み殺して、ナズナの前に鏡を置いてやると……。

最初はきょとんとした顔をしていた。

何故ここに猫が映っているのか不思議に思ったのだろう。

しかし、目の前の猫が自分と同じ動作をしていることに気付き、自分の足に肉球を見つけ、鏡に映るのが自分だと理解したナズナは絶叫した。

「ミギャー」

猫になったナズナは毛を逆立てて叫び声を上げパニック状態。

「あははは」

クルミはナズナの反応にお腹《なか》を抱えて笑う。

「ミギャ、ミギャー」

なんとかしてくれと縋り付いてくるナズナに、クルミは笑いを抑えて手を伸ばす。

「はいはい、今取ってあげるわよ」

するりと魔法具が取れた途端に元の姿に戻ったナズナは、鏡を見てほっと息を吐いた。

そして、クルミに抗議の声を上げる。

「なんちゅーことしてくれんねん！」

「滅多にできない体験でしょう？」

「あったりまえや。なんでそんなもん作ったんや」

「昔ちょっと猫になりたい気分の時があったのよね。ナズナは私の記憶もあるんだから記憶を見ようと思えば見られるでしょうに」

ナズナは少し首を傾げて沈黙した後、「あー」と言って納得したようだ。クルミの記憶を探して垣間見《かいまみ》たのだろう。

「仕事から逃げるためやっけ？」

「そうそう」

当時、ヴァイトの愛人だなんだと文句を言いながら構わずこき使う奴らに辟易《へきえき》し、のほほんと日なたぼっこしていた猫を見て、心の底から猫になりたい！　と強く思った。

それで、面倒事を持ってくるヴァイトや仕事を押し付けてくる奴らから逃げるため、そしてのんびりとした自由な時間を手にするため、彼らの眼を欺《あざむ》くように猫に変化するこの腕輪を作ったのだ。

竜族の鼻でも分からぬよう匂いから気配まで猫を研究し尽くして猫になりきることに成功したが、あれはもう執念のなせる業《わざ》だった。

今から考えると、よほど追い詰められていたのだなぁとクルミは思う。

城内を歩けば陰口を言われ、仕事を押し付けられ、好きな魔術の研究の暇も与えられず、ヴァイトはヴァイトで面倒臭い。

そりゃあ、逃げたくなるというものだ。

まあ、ヴァイトがやって来るのは息抜きにはなったし、仕事も半分押し付けられたのでそこまで問題ではなかったが、いちいちリディアのことでヘタレているのを聞くのは面倒この上なかった。

自分がいなくなった後、あの二人の関係がどうなったか少し興味がある。

まさか、こじらせたまま死んでいないだろうなと思いつつ、ヴァイトならあり得るという思いも捨てきれない。

今度それとなくリディアに聞いてみるとして、忘れていた思い出の品が出てきたのは素直に懐かしく思う。

これらはクルミがこの世界で生きていたという証《あかし》でもあるのだ。

「確かヴァイトにも一つあげたんだよねぇ。あれどうしたんだろ」

最終的に腕輪の存在が見つかって、ヴァイトが「欲しい、欲しい！」と騒いだのでもう一つ作ってあげたのだ。

ヴァイトのことだから、きっとよからぬことに使ったのだろうなと予想する。

なにせ奴は仕事を放りだして逃亡する常習犯だったのだ、きっと有効活用したことだろう。

そんなことを考えていると、いいことを思いついた。

「せっかくだからこれ着けて夜の散歩と洒落込《しゃれこ》みましょうか」

「おっ、ええな。この村の最後の夜やし、今日は満月が綺麗やで」

カーテンから外を覗くと、空にはまん丸のお月様が夜空を照らしていた。

クルミは窓の鍵《かぎ》を外して開けると、先程の腕輪を自分の腕に着ける。

すると、クルミは姿を変え、そこには黒い猫がちょこんと座っていた。

「ニャ、ニャア？（ナズナも行くでしょう？）」

「主はん、何言ってるか分からんで。さすがのわいでも猫語は分からんわ」

「ニャー（そうだった）」

『これで分かる？』

クルミは念話でナズナに話し掛けた。

「ばっちりや」

『よーし、歓迎会がどんな感じか興味あるし、ちょっと覗いてみよう』

「よっしゃ、行くで〜」

クルミとナズナは窓から外に飛び出した。

夜の村は満月の光のせいだけではなく、クルミが村の至る所に街灯を作ったため、歩くのに問題ない明るさがあった。

鳥であるナズナがちゃんと見えているか気になるところだが、魔石が元となっているナズナは厳密には鳥ではないので鳥目で困ることはない。

問題なく夜道を飛んでいる。

村長の家が見えてきた。近付くにつれ、ガヤガヤと騒ぐ声が大きくなってくる。

滅多にないイベントに大人達がハッスルしているのが予想できてクルミは微笑ましく感じた。

この何もない村では、行商人が来るというだけでも一大イベントなのだ。

クルミは気付かれぬように窓からこっそりと中を覗くと、大人達がつまみと酒を片手に顔を赤くしながら談笑している。

老夫婦の姿も見つけ、楽しそうに笑っているのを見て、やはり行くように言って良かったとクルミは思った。

「それにしても、一カ月前に来た時と比べて随分と村が発展していて驚きましたよ～」

そう機嫌よくしゃべるのは、今日やって来た中年の行商人だ。

「そうでしょう。あの娘が来てから便利な物をたくさん作ってくれましてね」

「ほんとに素晴らしい子ですよ」

次々に村人から褒められてクルミも嬉しくなる。

ちゃんと役に立って、それが認められていると。

だが……。

「今回の商品はあの子でいいんですか?」

「ええ、そうです。迷子の旅人のようでね。他に一緒にいる者もおらず、売るには都合が良い」

村長がへらへらと笑いながら中年の行商人に酒を注ぐ。

するとと、先程までクルミを家に残すことを心配していたおばあさんが前のめりになって訴える。

「あの子を連れてきたのは私達ですよ。もちろん多めに分け前をもらえるんでしょうね?」

「それは安心して下さい。あれほどの魔法具を作れるのです、普通に奴隷として売るより、貴族などに売ればけっこうな金になるでしょう」

そう言って酒を一気にあおった中年の行商人の言葉に、喜色《きしょく》を浮かべたおばあさんとおじいさん。

覗いていたクルミの表情が固まる。

「頼みますよ。一カ月もいい人のふりは肩がこって」

「馬鹿な子ですよ。まさか自分が売られようとしているなんて思わずに、私達のことを親切な人なんて思ってるんですから」

「それはお前の演技が堂に入っていたからだろう?」

「何を言ってるんですか、あなただって名演技でしたよ」

「おいおい、じいさん、ばあさん。俺達も十分協力したことも忘れないでくれよ」

「あら、あんたは大根すぎてバレないか、こっちはハラハラしたけどね」

「まったくだ」

あははははっと、全員で笑い合う老夫婦と村の人達の会話を残さず聞いていたクルミは、ようやく硬直から解け頭が働き出した。

『なに……どういうこと……？』

「主はん、もしかして村の人らに売られそうになってるんちゃうか？」

動揺が隠せないクルミを置いて、中ではさらに会話が進む。

「魔法が使えるようですから、魔法で逃げられたら大変だ。町に着く前に睡眠薬で眠らせてから奴隷商人のところにでも連れて行きましょうか。そこまで行けば魔封じのアイテムがあるから、それで無力化してから売ることにしましょう。珍しい黒髪に黒目をしているからコレクターにも高く売れそうですな。いっそ、オークションにかけた方が高値が付くかも……」

中年の行商人が売り方について考え込んでいるが、クルミの耳には入ってこない。

頭の中を占めるのは悲しみを超えた怒りだ。

『あんの、くそばばぁ、くそじじぃ～』

「わっ、主はんがぶち切れよった！」

これまで親切にしてくれた記憶が走馬灯《そうまとう》のように頭の中を巡る。

それもこれも、クルミを騙して油断させ奴隷商人に売るためだったのか。

そう思うと、可愛さ余って憎さ百倍。

『ナズナ！』

「はいな！」

ギッっと睨まれ、ナズナの背筋が伸びる。

『帰るわよ！』

「えっ？　あれ放っておいてええんか？」

『いいわけないでしょ！　売られる前にここから逃げるわよ。……でもこのまま逃げるのは腹の虫が治まらない！』

急いで老夫婦の家に戻るクルミの後をナズナが大慌てで追いかけていく。

戻ってきたクルミはナズナに腕輪を外してもらう。

猫の手では外せないことに家に着いてから気付いたのだ。

前世では弟子に外してもらっていたことを思い出したが、過去の思い出に浸る心の余裕はなかった。

人間の姿に戻ったクルミは据わった目をしながら、私物を空間に放り込んでいった。

元々明日出発する予定で荷物を整理していたので、入れる物は少ない。

それらを入れ終えると、クルミはキッチンへ。

自らが作った冷蔵庫をゴソゴソとしているクルミへナズナの疑問が飛ぶ。

「何してるんでっか？」

「こうするのよっ！」

クルミは魔法具の元となっている魔石を取り、魔力を流して刻まれた魔法陣を無効化した。

効力をなくした魔石はただの魔石に戻り、冷蔵庫から急速に冷気が消える。

続いてクルミは水が出てくる蛇口、そして天井の灯りからも魔石を回収して魔法具を破壊した。

フンッと鼻息を荒くしたクルミは、そのまま外へ。

「私は浄化の魔法具を破壊してくるから、ナズナは村中の街灯を壊してきて！」

「えっ、村中のでっか!?」

「そうよ。あいつらに魔法具を渡してなるものですか！　着火の魔法具だけは餞別《せんべつ》にくれてやるわ！」

「えー。人使い……いや、鳥使いの荒いお人やわ」

「文句を言わずさっさと行く。時間との勝負よ。見つかる前にぶっ壊してとんずらするんだから」

ビシッと指をさして「行ってこい！」と命じるクルミに、ナズナは渋々飛んでいった。

それを見送り、クルミは浄化の魔法具を壊すべく村の広場へ向かった。

「くっそぉ～。やっぱり人なんか簡単に信用するもんじゃなかった。あんな人の好さそうな顔して人を売ろうとするなんて。最初っからそのつもりだったのにお礼だなんだってたくさん魔法具渡したりして、私が馬鹿みたいじゃない！」

いや、実際に馬鹿だった。

あんな凶悪な裏の顔を隠していたとは。

しかも、村の大人全員がグルだなんて、さすがのクルミも騙された。

この一件は確実にクルミの人間不信を悪化させたことだろう。

地球でも彼氏に浮気され、こっちの世界でも人に騙され、踏んだり蹴《け》ったりだ。

「この恨み晴らさでおくべきか」

今のクルミを見たら子供がギャン泣きするだろう形相《ぎょうそう》で、浄化の魔法具を破壊しにかかる。

元々クルミが作った魔法具だ。どこをどう弄《いじ》れば機能を失うか、仕組みは誰よりも分かっているので破壊するのは造作《ぞうさ》もなかった。

簡単に壊して媒体となっていた魔石を回収したクルミは、近くの家の勝手口からそっと侵入する。

ここは子供のいない家だ。住人は歓迎会に参加しているので誰もいない家の中はしんと静まりかえっていて暗い。

クルミは空間から取り出した、最近作った懐中電灯に似た魔法具で照らしながら家捜しする。

捜しているのはクルミが与えた魔法具だ。

こうしてクルミは、侵入しては魔法具を破壊してを繰り返す。

のどかな村なので誰も家に鍵などかけていないから侵入し放題。

さすがに子供のいる家に侵入すると気付かれるかもしれないので、そっちは諦めることにした。

「ふふふふっ。人を騙したことを後悔させてやるわ」

売られるかもしれないというのに、クルミの頭の中は復讐の文字しかなかった。

人を奴隷に売り渡すような悪人に慈悲は必要ないとでもいうように、自分が与えた魔法具を片っ端から壊して魔石を回収していく。

魔法具に使われている魔石だけでも、価値がある物なのだ。

ここの住人が魔石についてどれほどの知識があるか分からないが、魔石はそう簡単に手に入るものではない。

それは数千年経ったところで変わりはしないだろうとクルミは分かっていたので、魔石はしっかり回収した。

人のいない家の魔石はあらかた回収した。

村の至る所に設置した街灯もナズナによって壊されているのか、光の数が随分と少なくなった。

さすがにそろそろ気付かれてもおかしくないかと思って移動していると……。

「クルミちゃんか？」

人の気配に気付かなかったクルミはハッと後ろを振り返る。

「こんな夜遅くに何してるんだ？」

人の好さそうな笑みで近付いてくる男性。

この人もグルなのかと思ったら、警戒心が噴き出す。

「なんか外の灯りの数が少なくなった気がするんだけど、クルミちゃんどうしたのか知ってるか？」

「さ、さあ……？」

売られようとしていることをクルミが知っていると悟《さと》られてはいけないと、曖昧《あいまい》に笑みを浮かべる。

「壊れちゃったのか？」

「どうでしょうか？　気になるのでちょっと見てきますね」

「ああ、でも今日は遅いし明日で良いよ」

「いえ、明日出発するから、早めに直しておいた方がいいと思うので」

「そうかい？　じゃあ、頼むよ」

「はい……」

「じゃあ、俺はまた歓迎会に戻るよ。早く寝るんだよ」

「おやすみなさい」

去って行く男性の背を見えなくなるまで見送って、クルミはほっと息を吐いた。

これ以上の長居は危険かもしれないと判断する。

残した魔石は惜しいが仕方がない。

『ナズナ』

クルミはナズナの名を呼んだ。

クルミの使い魔であるナズナとは繋がりがある。

呼べば遠く離れていても言葉は届く。

『ナズナ、もういいわ。魔石を回収して村の入り口で合流よ』

そう告げると、クルミは村の入り口に向かって走った。

誰かに会わないよう人の気配に気を付けながら向かうと、すでにナズナは到着していた。

「中途半端《ちゅうとはんぱ》に残っとるけどええんか？」

「いいわ。気付かれる方が問題だからね。魔石は？」

「ちゃんと回収して、主はんの空間に入れといたで」

同じ魔力を有するナズナはクルミの空間にも干渉できる。

「よし、じゃあ、とっととずらかるわよ」

「ほんま、急展開やな」

「売られてから気付くよりよっぽどいいわよ」

「確かになぁ。それにしてもとんでもない村やったなぁ。気付かずにおったらと思うと恐ろしいわ」

「まったくだわ。人の好さそうな顔して村ぐるみで悪事を働いてたなんて」

まだ腹の虫は治まらない。

「はいはい。はよ行かな見つかるで」

「そうね」

そうしてクルミは村から逃げ出した。

第10話　町へ

町へ続く街道を、月の光と懐中電灯を模した魔法具の灯りを頼りに歩いて行く。

念のためにとあらかじめ地図を確認していたクルミは良かったと思う。

おかげで行く方向に迷うことはない。

これから向かおうとしているのが行商人達も目的地としている町であることが少し心配だが、町の中に入ってしまえばあちらは手を出してこないだろうと思っている。

クルミが今いる帝国では奴隷は非合法なようなので、町の往来でへたな真似《まね》はしないはず。

あの村のように村ぐるみで悪事を働いているなら困ったことになるが、閉鎖的な村とは違い人の行き来も多い所でそれはないと思いたい。

そもそも大きな町のようなので人口も多く、その中からクルミが見つかること自体難しいかもしれないが。

町に着いたらすぐに帝都に向かう馬車に乗ってしまえば彼らも追っては来ないだろう。

町に着くまでに行商人と鉢合《はちあ》わせしないことを祈るだけだ。

本当は肉体強化をして早く先に行きたいのだが、たくさんの魔法具を壊すために魔力を使ったので今は少し休憩だ。

夜の森で魔獣に出会ってしまうことも考えて、魔力を温存しておきたいのだ。

そうして街道を足早に歩いていると、村の方向から話し声やたくさんの音がしてきた。

「まずい、まさかもう気付かれたの⁉」

「主はん、早く隠れな」

「う、うん」

クルミは慌てて草むらの中に身を隠す。

しばらくすると、村の男達が馬に乗ってやって来た。

「おい、いたか⁉」

「いや、いねぇ」

「探せ！　あの小娘舐めやがって。村の魔法具をほとんど壊していきやがった！」

「見つけたらただじゃおかねぇぞ」

口調が完全に変わっている。

もうそこには優しい親切な村人の姿はなかった。

松明《たいまつ》を持って道を照らしていた一人が足下のあるものに気付く。

「……あっ、おい、これ見ろよ」

馬から下りた男達が見つけたのは、できたばかりのクルミの足跡。

この世界にはないスニーカーを履いていたので、その足跡がクルミのものであることが一目瞭然《いちもくりょうぜん》だった。

「やばっ」

声を潜《ひそ》めて呟く。

真っ直ぐ進んでいた足跡が途中で急に横に曲がっている。

それが向かうのはクルミのいる草むらだ。

声を出さないものの、頭の中は大騒ぎだ。

来るな来るなと、念じるがその願いは届かず村人達はクルミのいる方へと向かってくる。

見つかるっ。と思った時、村人達の頭上から大量の水が滝のように落ちてきた。

「うわっ！」

「なんだ⁉」

もがく村人達が、水がなくなった後に上を見上げると、そこにはナズナの姿が。

「あっ、あの鳥は娘と一緒にいた奴じゃないか？」

「ああ、間違いねぇ。あんなデブな鳥、他にいねぇよ」

デブという単語にナズナがキレたのが分かった。

再び滝のような水が村人を襲う。

「うわっ、止めろ！」

「なんだ、あの鳥。魔法を使いやがるのか⁉」

「くそっ」

ナズナに魔法具を渡していて良かったと心から思う。

ナズナから強請《ねだ》られて作った物だが、まさかさっそく役に立つとは……。

しかし、ナズナが時間を稼ぐのにも限度がある。

今のうちにどうにかしなければ見つかってしまうと、クルミはグルグルと頭を巡らす。

何か身を隠す方法。彼らから逃げるためには……。

そう考えて、あれの存在を思い出した。

急いで空間から取り出したのは先程まで使っていた猫になる腕輪。

それを着けて黒猫になったクルミは、ナズナに『ナズナ、もう大丈夫よ』と、念話で伝える。

攻撃を止めたナズナは、クルミがいる場所とは反対の森の中に消えていった。

クルミには近くにいることが分かっていたが、夜の闇の中では松明の灯りだけで探すことはできなかったのだろう。村人達はナズナを探して右往左往《うおうさおう》している。

しかし、目的はナズナではないことを思い出したのか、それ以上森の奥に入っていくことはしなかった。

「もういい！　あんな鳥より娘だ！」

「あ、ああ」

村人達は先程見つけた足跡を追って草むらの中に入ってこようとする。

そこへクルミは意気揚々と飛び出した。

「うわっ！」

驚いて尻餅《しりもち》をついた男に対し、黒猫の姿のクルミは可愛らしく「にゃーん」と鳴いた。

「なんだ、猫か……」

「猫なんかで驚いてるんじゃねぇよ」

「仕方ねえだろ、突然だったんだから」

「いいから、早く娘を探すぞ。そう遠くに行ってねぇはずだ」

「おう。あんな金づるを逃がすわけにはいかないからな」

足跡を追って草むらの中に入っていった村人達を冷めた目で見送り、クルミは再び町に向かって街道を走った。

少しすればナズナも後ろから追ってくる。

「なんや、今日は厄日《やくび》やな」

『まったくだわ。この腕輪作っておいて本当に良かった』

「まさかあいつらも、主はんが猫になってるとは思わんやろなぁ」

してやったりという様子でナズナは上機嫌だ。

クルミはまだ心臓がバクバクしているというのに呑気なものだ。

実際の力関係なら、魔法を使えるクルミが圧倒的に有利なのだが、地球の平和な暮らしでぬるま湯に浸かって十八年間生きてきたクルミには、まだ人を傷付けてまで身を守るということに抵抗感があった。

村人達は弓矢や剣を持っていたので、多少手荒なことをしてでもクルミを連れて帰る気だったのだろう。

そんな相手を傷付けずに戦意を奪う方法がすぐには思い浮かばなかったのだ。

なので、逃げる一択《いったく》だったクルミにとっては、この腕輪は願ってもないものだった。

猫になっているとも知らずに、今頃彼らは森の中を探し歩いていることだろう。

ざまあみろである。

永遠に探していればいいのだ。

その間にクルミは町へ向かって、即刻帝都に向かう馬車に乗っておさらばだ。

……そう思っていたのに。

「こりゃ偽金《にせがね》だな」

「なんですってぇ⁉」

クルミは衝撃の言葉に目を剥《む》いた。

あれから魔獣に出くわすことなく数日かけて町までやって来たクルミは、とりあえず底をついた食料を調達すべくお店に直行した。

そこでの支払いのため、村を逃げ出す前におばあさんにもらっていたお金で支払おうとすると、先程の言葉が返ってきたのだ。

「なにかの間違いじゃ……」

「いやいや、これはよく子供達にお金の使い方を教えるために使用する玩具のお金だよ。ほら、裏をよく見な。普通なら帝国の紋章があるが、お前さんが持ってるお金にはないだろう？」

店員が本物のお金とクルミが持っていたお金とを並べて違いを説明する。

そうすると、確かにクルミが持っていたお金の裏には紋章のようなものが描かれていない。

剣と盾《たて》に薔薇《ばら》のような花が巻き付いた紋様だ。

これが帝国の紋章かぁ……などと感心している場合ではない。

あのくそばばぁ！　とクルミは心の中で盛大に罵声を浴びせる。

確かに売ろうとしている人間にお金を渡すなんておかしいに決まっている。

そのことにもっと早く気付くべきだった。

「お嬢ちゃん騙されたのかい？」

店員が気の毒そうな目でクルミを見る。

「そうみたいです……」

「憲兵に相談した方がいいんじゃないか？」

「いえ、できればもう関わりたくないので諦めます……」

がっくりと肩を落として、何も買わず店を後にしたクルミは、噴水のある広場で座り込む。

「どうしたものか……」

「難儀《なんぎ》やなぁ」

クルミの肩にとまっているナズナも心なしか声に元気がない。

「どうにかお金を工面《くめん》しないと……」

とは言っても、この町で地道に働いてお金を稼ぐわけにはいかない。

いつあの行商人がこの町にやって来るか分からないのだ。

肉体強化で距離と時間を稼いだが、早く帝都に向かいたい。

そのために早急にお金を手にする方法……。

考えを巡らせているクルミの目に入ってきたのは、フリーマーケットのように、広場の片隅で商品を並べて物を売っている人達だ。

クルミは、その何人もいる物を売っている中の一人に声を掛ける。

「あの、すみません」

「はい、いらっしゃい」

「お客じゃなくて、聞きたいことがあるんですけど」

「なんだい？」

客じゃないのかと当てが外れたような顔をしつつも、その女性は答えてくれる。

「あなたはここで商品を売ってるんですか？」

「そうだよ。見りゃあ分かるだろ」

「それって、誰にでもできますか？」

「ああ、手続きして許可を取れば誰でもできるよ」

「許可……」

やはりそれなりに大きな町。勝手にというわけにはいかないようだ。

「その許可ってすぐに取れますか？」

「書類を書いて手数料払ったらすぐさ」

「ここでも、お金かっ！」

お金を稼ぎたいのに、そのためにはお金が必要という悩ましい事態。

「あんたお金ないのかい？」

「………はい」

よほどクルミの様子が憐《あわ》れに見えたのか、女性がアドバイスをしてくれた。

「それなら、なんでも買い取ってくれる店があるから、そこへ行って物を売ってきたらどうだい？　私のようにここで商売したいってことは売れる物があるんだろう？　店を紹介してあげるよ」

「ありがとうございます！」

「でも、なんでも買い取ってくれる分、普通に売るよりかなり安く買い叩かれるけどね」

「この際文句は言ってられないです」

店の場所と許可を取るのに必要となる金額を聞いてから女性にお礼を言ってその店に向かう。

店にやって来ると、愛想のないおじさん店員が「らっしゃい」と声を掛けてくる。

「物を売りたいんですけど」

「じゃあ、出しな」

無愛想《ぶあいそう》に言われるまま、クルミはカウンターの上に魔石を一つ置く。

「ああん、これだけか？」

「まあ、とりあえずです。これがいくらになるか分からないので」

おじさん店員はふんと鼻を鳴らし、魔石を手に取ってじっくりと観察する。

「これなら値段はこれくらいだな」

そう言って提示された金額はクルミの予想を遥かに下回る金額だった。

あまりの安さにクルミは反射的に抗議した。

「これだけ⁉　魔石なのに、そんなに安いはずないじゃない！」

「ああん？　魔石だぁ？　そんなもん知らん。これで嫌ならとっとと帰りな」

人の足下見やがってとふつふつと怒りが沸き起こるが、グッと堪《こら》える。

物が悪かったのかもしれない。

魔石は知らない者が見ればただの綺麗な石だ。

宝石に間違われてもおかしくない。

まあ、宝石に思われたとしても安すぎる鑑別だが。

クルミは店員から魔石を回収し、次にただの魔石ではなく魔石で作った懐中電灯の魔法具を出した。

灯りを付けたり消したりしてみせると、店員の目の色が変わった。

「こ、これは……」

「魔法具よ」

「魔法具だと……。偽物……じゃない。確かに光りやがる」

「どうするの、買ってくれるの？　くれないの？」

おじさん店員の反応から好感触であることを察したクルミは、今度は強気に出る。

安く買い叩くなら売らないぞと言うように。

「これならどうだ？」

提示してきた金額は、魔法具という貴重品から考えれば安すぎる値段。

「他に売ってもいいのよ？」

「くっ、じゃあ、これでどうだ！」

金額を見てクルミは鼻で笑った。

「もう一声！」

「ええい、これならどうだ！」

おじさん店員の様子から、これが限界そうだと判断したクルミはその値段で売ることを決めた。

と言っても、恐らく端金《はしたがね》と言われてもおかしくない値段だろう。

ここに来るまでに色々な店で商品とその値段を確認してきたので、ある程度の物価を知ることができた。

やはりどの店にも魔法具などは置いてはおらず、町でも高級店に分類される店にもなかった。

そこで、少し魔法具について聞いてきたのだ。

魔法具は基本的に帝都でしか出回っておらず、この辺りでは大きい町と言ってもこんな帝都から離れた町では数年に一度お目にかかれるかどうかという程度らしい。

そしてその値段も桁外《けたはず》れに高い。

とてもじゃないが、今買い取ってもらった金額では手に入らないほどの値段が付くのだ。

しかし、早急にお金を要する以上文句は言っていられない。

場所の許可を取るための手数料と、朝から食べていないお腹を満たす食べ物を買えるくらいはあるお金を持って、クルミはとりあえず食事処《どころ》に走った。

ぐうぐう鳴るお腹を満たしたら、許可を取るために町の役所に向かって届出とともに手数料を支払って、広場で商売をする許可をもぎ取った。

「よし、これでなんとかなる！」

「主はんは行き当たりばったりすぎへんかいな。もうちょっと考えて行動した方がええんちゃう？　わい、これからのことを思うとむっちゃ心配やわ」

「なんとかなってるんだからいいのよ」

「ほんまかいな」

「ナズナはとりあえず愛嬌《あいきょう》振りまいて客引きしてちょうだい」

「へーい。わいの可愛さでお客さんをメロメロにしたるわ」

「臨時のクルミの魔法具店のオープンよ」

上機嫌のクルミは、陰からクルミを見つめる存在に気付いてはいなかった。

第11話　クルミの魔法具店

町に来て二日目。
やる気をみなぎらせて許可を取ったはいいものの、場所を使えるのが翌日からだったので少し肩透かしを食らった気分だった。
一晩宿に泊まるだけのお金の余裕があったのが幸いだった。
夜はぐっすりベッドで寝て、朝からモリモリ朝食を食べて気力も体力もいっぱい。

早速町の広場の許可を取った場所に行く。

「今日はなんだか天気が悪いなぁ。雨降らないといいけど」

クルミの気合いに反して、空は今にも雨が降りそうな様子。

そんな空の下で、同じように物を売る人達が敷物の上にそれぞれの品物を並べていっている。

クルミも負けじと商品……魔法具を並べていく。

はっきり言って魔法具ではあり得ない安すぎる価格設定だ。

それは早くお金を貯めてここから帝都に向かうためであるのだが、町を行き交う人達はまるでクルミが見えていないかのように通り過ぎ、他の所に行ってしまう。

いや、見えてはいるはずだ。一瞬足を止める人も少なからずいるのだから。しかし、値段を見た途端に行ってしまう。

値段が高すぎたか？　と焦りが募《つの》る。

隣で野菜を売っているおばさんは大盛況だというのに、クルミの所には人っ子一人いない。

「何故に……？」

こんなお買い得品、他にないというのに。

首を傾げていると、待ちに待ったお客さん……と思いきや、小さなお客さんがやって来た。
五、六才ぐらいだろうか。
興味津々《しんしん》に見ている。……ナズナを。

母親はどうやらお隣で野菜を吟味している様子。

暇を持て余していたところにナズナを発見したのだろう。

「お姉ちゃん、その鳥さん本物？」

小さくてもお客さん。クルミは愛想よくにっこりと笑みを浮かべる。

本当は大人に来てほしかったが、暇なのでお喋りに付き合うことにした。

「そうよ。こんにちはって言ってごらん。返してくれるから」

ナズナがえっ⁉　という顔をしたが構わずナズナを子供の前に近付ける。

「鳥さん、こんにちは！」

舌っ足らずに挨拶をする子供の可愛さに癒される。

「コ、コンニチハ」

戸惑いながらも鳥らしく返したナズナに、子供はぱあっと表情を明るくする。

「お返事してくれた！」

「賢いでしょう？」

「うん！」

子供はかなり嬉しかったのか、何度も「こんにちは」と繰り返しては、ナズナの返しに大喜びしていた。

そうしていると、子供の母親が買い物を終えてこちらへやって来る。

「すみません、この子が邪魔をしてしまって」

「構いませんよ。可愛い子は大歓迎です」

子供は大人のように汚い真似をしたり裏切ったりしないからね。などと、最近の不運続きで人間不信に拍車《はくしゃ》がかかりつつあるクルミだった。

「ここは何を売っているの？」

子供のついでであるが、やっとお客らしいお客さんがやって来て、クルミは一気にテンションが上がる。

「これは魔法具です！」

どうだと言わんばかりに得意げに紹介したが、母親は何故か戸惑ったような顔をする。

それを不思議に思うクルミ。

「どうかしましたか？」

「えっ、偽物でしょう？　魔法具だなんて……ねぇ……」

「いえいえ！　本物ですよ！」

何故そう思ったのか分からない。

「だって、魔法具がこんな安く売っているなんて」

戸惑いの理由が分かってクルミは納得した。

そして、何故客が来なかったのかも。

魔法具とは希少で高級品だ。

こんな道端で、敷物は敷いているとはいえ地べたに乱雑に置いていい物ではない。

しかも、この価格の安さだ。偽物と思われていたのかと、やっとクルミは気付く。

「本物ですよ」

百聞は一見にしかず。

これは実際にデモンストレーションした方が信用してもらえるかもしれないと、並べていた魔法具を一つ手に取る。

それはランプの魔法具だ。

もちろん蝋燭ではなく、魔法陣を刻んだ魔石が光るのだが、その光は蝋燭とは比べものにならないぐらい明るく、家の中で使えば夜でも部屋中を明るく照らすことだろう。

「これ一つあれば夜でも昼間のように明るく過ごせますよ」

「まあ！」

光を発するそのランプを見た母親は本物と分かり驚いた顔をする。

「本当に魔法具なの？　火も蝋燭も使ってないわ」

「正真正銘《しょうしんしょうめい》魔法具です！　まあ、回数制限はありますが、数年は使い続けられますよ」

「それでこのお値段？」

「数量限定！　早い者勝ちですよ！」

「いただくわ！」

即決した母親に、クルミはニヤリとした。

何故なら隣で野菜を買っていた主婦達もこちらを見ていたからだ。

ざわりとする主婦達の興味がクルミの魔法具に向かうのが分かる。

恐る恐るという様子でその中の一人がやって来て、気になった一つを手にする。

「この小さいのはどういう魔法具なの？」

ビー玉のような丸い石。

それだけは数が多くて山のように積んでいた。

「それは着火の魔法具です」

村では形にこだわらなくていびつな形をしていたが、売り物にするなら形にも気を使った方が良いだろうと綺麗に丸くしてみたのだ。

クルミは使い方を教えるようにビー玉を一つ取り、枝でトントンと叩くと枝に火が点いた。

マジックを見た人のように驚く主婦に説明をする。

「こうして火を点ければ、毎日火種を作るのに苦労することなく料理ができます。冬場には暖炉《だんろ》に使うのもありですよ」

「火がこんな簡単に……」

「ちなみに値段はこれです」

値段を見た主婦が二度驚く。

「十個ちょうだい！」

「まいどあり～」

食い気味に来る主婦に、ナズナがご機嫌で挨拶する。

それをきっかけに、クルミの所にもお客が来るようになった。

そして、買った人から口コミで広まったのか、お昼を過ぎる頃にはたくさんの人がクルミの店を取り囲むように。

クルミは商品の説明でてんてこ舞いだ。

「お嬢ちゃん、これはどんな商品なんだ？」

魔法具は使い方を知らないどころか、見たことがない人がほとんどだ。

クルミはテレビの通販番組の商品紹介のように、一から説明していく。

「皆さん、毎日のお風呂には困っていませんか？　井戸から水を汲《く》んで浴槽に溜める。そんな重労働からは解放されたい！　そう思ったことは一度はあるでしょう！」

うんうん、聴衆が頷く。

「そんな時に使っていただきたいのがこちら！　こちらにありますのは、浄化の魔法を刻み込んだ魔法具。これを使えばあっという間に汚れも綺麗さっぱり、気分は風呂上がりの爽快《そうかい》さ。しかし、これはそれだけじゃあない！　なんと、これは何度洗濯しても落ちない染みついた衣類の汚れも落とすのです！」

声を揃えたように、おお～！　と驚く反応が返ってくるのでクルミは販売人になったような気分になってきた。

「さあ、買った買った。数量限定だよ～！」

「俺は買うぞー！」

「私にもちょうだい！」

「おい、押すなよ！」

「誰だ、足踏みやがったのは⁉」

「ちょっと、抑えて抑えて」

あまりの迫力に、あおったクルミの顔が引き攣った。

数に限りがあるので、抽選で決めることにしたのだが、予想以上の人が集まってしまって暴動かと町の警ら隊が出動。

事情を説明すると列の整理を手伝ってくれたが、客を捌《さば》ききった後、しこたま怒られた。

代わりに、袖《そで》の下というわけではないが、懐中電灯を模した魔法具をプレゼントすると夜警に役立つと大いに喜ばれ、色々と情報を教えてくれた。

それによると、帝都行きの馬車は明日の朝に出発するらしく、御者《ぎょしゃ》にはクルミの話をしておいてくれるという。

御者とは顔馴染みなのでお安くしてくれるらしい。

魔法具が売れたとは言え、今後を考えると無駄遣いをしたくないクルミには願ってもないことだ。

お互いニコニコ顔で別れると、クルミは片付けに取りかかった。

そうしていると、クルミの近くに高級そうな馬車が止まった。護衛らしき兵士の姿もあるのでそれなりに高貴な人が乗っているのだろう。

この世界に来てからは初めて見る豪華な馬車を興味津々に見ていると、そこから歩くのもひと苦労していそうなでっぷりとしたお腹を抱えた男性が出てきた。

大きな宝石のアクセサリーをそこかしこに身に着けた、成金《なりきん》を絵に描いたような男性は、お付きの人に耳打ちされると真っ直ぐクルミの所にやってくる。

嫌な予感がして慌てて空間の中に荷物を放り込んでいくが、一歩逃げるのが遅かった。

「そこな娘よ」

無視しようかと聞こえないふりをしたが、お付きの兵士が乱暴なほど強くクルミの肩を掴んだ。

思わず顔をしかめるクルミに構わず、メタボリックな男性が近付いてくる。

「この私が声を掛けてやっているのだ。すぐに返事をしないか」

上から目線な男に何様だと思っていると、お付きの人がまるでこの紋所《もんどころ》が目に入らぬかと言わんばかりに仰々《ぎょうぎょう》しく声を上げる。

「こちらの方はこの町の領主様でいらっしゃるぞ！」

頭《ず》が高いとでも言いそうな雰囲気だ。

しかし、クルミの反応は薄い。

ナズナも興味がないのか、足で頭を掻いている。

「へ〜」

だから何？　と言わんばかりのクルミの反応に、お付きの者は怒りに震える。

「貴様《きさま》、恐れ多くも貴族のお方が声を掛けているのだから、すぐにはせ参じて這《は》いつくばってお言葉を待つのが礼儀だろう！」

「そんな礼儀初めて知ったけど、なんか用ですか？」

厄介事を早く終わらせたい空気が溢れんばかりに出ている。

お付きの人の目付きがさらに鋭くなるが、町の領主という貴族が止めた。

「下がれ。話ができん」

「はっ！　申し訳ございません」

すっと横に移動して貴族に道を空けたお付きの人の横を通り、クルミの前で立ち止まった。

クルミは兵士と思《おぼ》しき男に肩を掴まれたままなので逃げるに逃げられない。

「ここで魔法具を売っていたというのはお前か？」

「……ええ、まあ」

「ふむふむ」

何がふむふむか分からないが、そう言いながら頭から足の先までを値踏みするように見られ、クルミの全身に鳥肌が立った。

「困る、困るなぁ」

「何がですか？」

「領主である私の許可なく魔法具を売りさばくなどあってはならない。そうだな？」

「まったくその通りでございます」

お付きの人が相づちを打つ。

「場所の許可ならちゃんと届け出を出しましたけど？」

「そうではない。魔法具を売るなら、その売上のうちの五割は領主に納めるのが決まりだ」

「はあ!?　そんなこと許可をもらった時に言ってなかったわよ！」

「ならば言い忘れていただけだろう」

「五割って、ぼったくりもいいところじゃない！」

「無礼だぞ、娘！」

「私に対する不敬罪で捕らえてもよいが……」

　貴族はニヤニヤとした気持ちの悪い笑みを浮かべクルミを見た。

「私は優しい領主だから、今回は売上の八割を納めることで目をつぶってやってもよい」

「はあ!?」

「嫌ならばあるだけ全ての魔法具を納めよ。随分と珍しい魔法具を持っているようじゃないか。ここは帝都からも遠くなかなか魔法具も入ってこないので、それで許してやろうではないか」

「くっ……」

　クルミは悔しげに顔を歪める。

　この貴族のそもそもの目的が分かった。

　こいつは、難癖《なんくせ》を付けて貴重な魔法具をただで手に入れようというのだ。魔法具を売ることは許可を得る時にちゃんと申告していた。それでも何も言われなかった。

「冗談じゃないわよ！」

　クルミは肩を掴んでいる兵士の手を強く振り払った。

「どうして私が苦労して作った物をあんたみたいなアホにあげなきゃならないのよ。冗談はその腹だけにしてよね！」

護衛を始めとした観衆がぎょっとする。

「主はん。そりゃ愚策《ぐさく》やでぇ」

ナズナが呟く。

貴族が偉いことはクルミでも分かる。

が、魔法具に対して並々ならぬ情熱を持っているクルミは、苦労して作った魔法具の上前《うわまえ》をはねようとしている貴族に我慢がならなかった。

あっ、言いすぎた……。と、思った時には遅かった。

貴族は怒りでプルプルと体を震わせ顔を真っ赤にしていた。

「捕らえろ！　この娘を即刻捕らえて牢に入れてしまえ。そして、死ぬまで魔法具を作らせるのだ！」

「あちゃー」

ナズナが羽で顔を覆う。

貴族の命令に反応した兵士がぞろぞろと動く。

「こ、このくらいで怒るなんて器《うつわ》の小さい男ね。モテないでしょう！」

「な、なんだと！」

「主はん、火に油注いでどうすんねん」

ナズナがツッコミを入れている間にクルミ達は兵士に取り囲まれた。

面倒臭いことになったと頭を抱えたくなった。

「あ〜、もう。ナズナ！」

「はいな」

あうんの呼吸で、名を呼ばれたナズナはクルミの意図を理解し、空に高く飛んで足に着けている魔法具を発動させた。

すると、頭上からクルミを避けて兵士にだけ大量の水が落ちてくる。

「わっ！」

「なんだ⁉」

驚いている兵士を避けて逃げようとするクルミを見た貴族が怒鳴り散らす。

「何をしている！　さっさと小娘を捕らえよ！　多少手荒なことをしても構わん」

そう言った途端に剣を鞘《さや》から引き抜いた兵士達を見てクルミはさすがに身の危険を感じとった。

手荒なことどころか殺しに来ているのではないかと思うほど剣を振りかぶってくる兵士を肉体強化の魔法で避けていたが、足下にあった小石に躓《つまず》いてしまった。

そこを見計らったように振り下ろされる剣。

咄嗟に手を前に出したクルミの腕に鋭い痛みが走った。

「主はん‼」

ナズナが焦りを滲《にじ》ませた声で叫んでいるが、クルミは痛みでそれどころではない。

しかし、じっとしているとまた傷付けられてしまうので、急いで兵士から距離をとる。

その直後、ナズナのもう片方の足に着けている魔法具が発動した。

ドーン!!

視界を奪うほどのまばゆい光と、耳をつんざくような轟音《ごうおん》が襲う。

兵士達が目を開けた時にはクルミの姿はそこになかった。

🐾🐾🐾🐾

ザアザアと雨が降りしきる中、兵士達が慌ただしく走り回っていた。

「おい、いたか?」

「いや、こっちにはいない」

「早く探せ!　領主様はかなりお怒りになってるぞ」

「ああ、こっちにもとばっちりが来ちまう」

そう言ってバタバタと遠ざかっていく足音を確認して、クルミは逃げ込んだ路地裏からひょっこりと顔を出した。

周囲に兵士の姿がないのを確認してほっとする。

現在クルミは腕輪の魔法具で黒猫の姿だ。

この姿でいるかぎりは兵士に捕まることはないだろう。

けれど……。

『う～、痛い……』

腕輪をしていない方の腕には斜めに切られた傷があり、そこからポタポタと血が流れていた。

「主はん、早く傷の手当てせな」

『うん……。けど、この姿じゃ怪我《けが》の手当てなんてできないし、人間に戻ったら見つかる』

どうしたものか……。

さらに時間が経つごとに雨足は強まり、水滴が叩き付けるようにクルミの体に打ち付ける。

段々体も冷えてきた。

命に関わるほどの怪我ではなかったのが幸いだ。

けれど、どこかで人間に戻って傷の手当てをしなければ……。

そう思っているとはっと思い出す。

『あっ、そうだ！』

「なんや、いい案でも思いついたんかいな？」

『うん。一旦《いったん》空間の中に入って、そこで人間に戻ってから手当てして、それからまた猫になって戻ってくればいいんじゃないかって』

「おお、そりゃナイスアイデアでんな」

空間の中は精神に悪影響を及ぼす長居厳禁のある意味外より危険な所だが、手当てをするぐらいの時間なら問題ないだろう。

「なら早く空間開いてんか？」

『うん』

そうして空間を開こうとしたその時、目の前を精霊が横切った。

それも一人二人ではない。複数の精霊がクルミの周りにどんどん集まってきている。

ぎょっとするクルミ。

この世界に戻ってきてからこれほど多くの精霊を見たのは初めてだった。

なんだってこんな路地裏にこれほどの精霊がいるのかと不思議に思っていると、ひょいっと体が持ち上げられた。

「にゃっ！」

びっくりして思わず声が出たクルミが顔を後ろに向けると、天使のように優しげで美しい顔がクルミをじっと見ていて驚きのあまり硬直する。

ハニーブロンドの長い髪に青い瞳。まるで天使が降臨したかのような神々《こうごう》しさを発していた。

「可哀想に。こんな怪我をして」

中性的ではあるが男性と分かるその人は、クルミの腕の怪我を見て痛ましそうな顔をする。

その男性の周りを精霊達がうろうろとして興味津々にクルミを見る。

『にゃんこだー』

『怪我してる』

『怪我してるね～』

『シオンどうするの？』

精霊達が口々にしゃべる。

「とりあえず宿に連れて行って手当てをしてあげようと思ってね」

『珍しくシオンが親切～』

『普段は極悪非道《ごくあくひどう》なのにね～』

『極悪人～♪』

「人聞きが悪いなぁ。僕だって良心はちゃんとあるさ」

天使のような微笑みで精霊達と会話する男性にクルミは目が点になった。

こんなに精霊と親しくできる存在なんてただ者ではない。もしやこの人は……。

そんなことを考えている間にクルミは抱っこされたまま連れて行かれた。

後ろではナズナがどうすべきかと困惑したまま止まっている姿が見えたが、大通りに出ればすぐに見えなくなった。

まあ、ナズナとは魔力で繋がっているので離れていても居場所が分かるから問題ないかと心配はしなかった。

それよりも問題なのは自分がどこに連れて行かれるのかだった。

第12話　愛し子

怪我を負ったクルミが連れて来られたのは、クルミが昨日泊まった安宿とは比べものにならない、見るからに高級な宿だった。

その中でも特に質が良さそうな部屋に入る青年に抱っこされたままのクルミは、興味津々に部屋を見渡す。

ふかふかなソファーに下ろされたクルミが改めて青年を見ると、この高級宿にいることに違和感のない身なりをしている。

服の質もその辺りにいる庶民《しょみん》が着られるものではなかった。

どこかの金持ちか、はたまた先程の輩《やから》と同じ貴族か……？

もし貴族ならば警戒心が一気に高まることだろう。

あんなのを領主にしているこの国の皇帝には不信感しかない。

他の貴族もあんなのばかりかもしれない。

けれど、気になるのは先程から視界に強制的に入ってくる小さな精霊達。

背中に羽があって青年の周りをうろちょろとしている。

『シオン～』

『包帯あったよ～』

「助かるよ」

天使のような微笑みを浮かべている青年はシオンというらしいことが分かった。

そして、クルミの予想が正しければ、このシオンという青年は愛し子だ。

普通の人間でこれほどに精霊にまとわりつかれるのは愛し子ぐらいなものだからだ。

クルミは前世でヴァイトという愛し子を知っていたので、その異常に精霊に好かれる性質はよく見知っていた。

今の彼は前世のヴァイトを取り巻いていた光景そのものだった。

ヴァイトにも小さな精霊達がカルガモの親子のようにくっつき回っていた。

懐かしい……。などとしみじみしている場合ではない。

愛し子は普通国に保護されて、大事に大事に守られているものだ。

なにせ、愛し子の意思一つで精霊は動き、愛し子に害が及ぶと精霊は愛し子を守ろうと敵を殲滅《せんめつ》する。

過去、愛し子が原因で精霊に滅ぼされた国は一つや二つでは収まらないだろう。

そんな愛し子がこんな町中にほいほいいていいわけがない。

警戒するなという方が無理だ。

精霊に愛された愛し子に対してへたなことをすると、精霊を敵に回すことになる。

関わることに面倒な予感しかない。

早く退散しなければ。そう思ってそろりそろりと移動しようとしていると……。

『あっ、シオン。にゃんこが逃げようとしてる～』

余計なことをと、クルミは心の中で舌打ちする。

シオンはやれやれという様子で包帯を持ったままクルミを抱き上げる。

怪我を気遣ってか、その手はとても優しい。

そのままソファーに座ったシオンの膝《ひざ》の上に乗せられる。

「駄目だよ。ちゃんと怪我の手当てをしないとね」

優しくにっこりと微笑むシオンの服に、クルミの血が付いたのを見て動きを止めた。

ここは大人しく手当てを受けるのが賢明だと思ったのだ。

『シオン～。これで消毒～』

精霊が消毒液らしき物を持ってきた。

「ありがとう。ちょっと染みるけど我慢してね」

大人しくなったクルミの傷口に消毒液が遠慮なくかけられ、毛が一気に逆立つ。

「ミギャ！」

「ゴメンゴメン。でも大事だからね」

ニコニコと邪気《じゃき》のない笑顔。でも気のせいだろうか、なんだか楽しそうに見えるのは。

消毒の終わった傷口に今度はガーゼのような布を当てて包帯で巻いていく。

巻き終わった時にはなんだかぐったりとしてしまった。

「よしよし、よく我慢したね。良い子、良い子」

優しく頭を撫でられる。

親にすら撫でられたことのない頭を撫でられて、悪い気はしなかった。

そろそろおいとまするかと立ち上がって、シオンの膝から下りようとしたのだが、クルミは何故かシオンに捕獲された。

「駄目だよ。まだ大人しくしていないと。雨に打たれて体も冷えているし、ここでゆっくりしておいで」

まるでクルミが言葉を理解していることを知っているかのように話しかけてくるシオンに、どうしたものかと考えていると、突然バンッと大きな音を立てて部屋の扉が開いた。

思わずビクッとしてしまうクルミをよしよしと撫でた後、シオンは叱責《しっせき》するような眼差しを入ってきた人物に向ける。

「どこで何してやがった、帰ってきてるならそう言えー!!」

入ってくるやそう絶叫した青年は、シオンと同じぐらいの年齢の若い男性で、赤茶色の髪に深緑色の瞳。耳には羽の飾りがゆらゆらしている。

腰には帯剣しており、体つきもがっちりとしている男性は据わった目つきで、怒っているのを肌で感じる。

「アスター。うるさいよ、何を怒っているんだい?」

「誰のせいだぁぁ!!」

ずかずかと入ってきたアスターなる人物は、シオンの前に立ち懇々《こんこん》と説教を始める。

「お前がいなくなって、この大雨の中何時間外を探し回ったと思ってる。一人で勝手に動き回るなと普段から言ってるだろう。お前は愛し子としての自覚あんのかぁ⁉」

「はいはい、分かった。今度から気を付けるよ」

「お前はいつもそう言っておきながらいなくなるだろうが！　その度に俺がどれだけ心配して」

「精霊が側にいるのに僕に何かできる者がいるわけないだろう？　精霊に瞬殺されるよ。それこそ心配なのは相手の方だ」

「そういう問題じゃない。自覚しろ！　お前は愛し子だけじゃなく、こうて……ん？」

突然怒鳴るのを止めたアスターの視線の先には、黒猫の姿のクルミ。

シオンの膝の上に乗っているクルミと視線が合う。

互いに見つめ合い、落ちる沈黙。

「……シオン、それはなんだ？」

「なんだって、見た通り黒猫だよ。君にはこの子がヤギにでも見えるのかい？　それならいい医師を紹介してあげるよ」

「そういうことを言ってるんじゃない。なんでここに猫がいるんだ⁉」

「路地裏で怪我をしているこの子を見つけてね、手当てしてあげたんだよ」

「そうかそうか。手当ても終わってるようだし元の所に俺が返してきてやる」

笑っていない笑顔でクルミに伸ばしてきたアスターの手を、シオンはべしっとはたき落とした。

「何を言ってるんだい。こんな大怪我をした子をこの雨の中に放り出そうなんて、君は悪魔かい？」

「お前にだけは悪魔とか言われたくないっ。だったらそれをどうするつもりだよ」

「このまま帝都に連れて行くよ。どうやら捨て猫のようだし」

えっ⁉　と、動揺したのはクルミである。

だが、よくよく考えてみるとクルミの目的地は帝都である。

今はこの町の領主によりお尋ね者の身。帝都まで連れて行ってくれるならこのまま猫の姿でもいいのではないかとクルミは考え始めた。

そんなクルミには誰も気付かず、アスターはそれはもう怖い顔でシオンに詰め寄る。

「まさか飼う気か？」

「文句あるのかい？」

「あるに決まってるだろ！　お前過去の自分の飽きっぽさを思い返してみろ！　動物を飼いたいと駄々《だだ》をこねた五歳。献上された犬を飽きたと一カ月経たずに放置して、俺に世話を任せやがって。それからも鳥、ウサギ、猿、蛇、亀、果ては象にキリンにパンダ。他にもたくさん飽きたと全部俺に押し付けただろうが。おかげで俺の家は動物屋敷だ！」

「そうだっけ？　まあ、この子は大丈夫だよ」

「何を根拠に言ってるんだ」

「この子は一目惚《ひとめぼ》れだからね。特別大切にするよ」

脇に手を入れ持ち上げられたクルミにチュッとシオンが唇を寄せた。

「…………にゃ？」

まさに唖然。

シオンとアスターはなにやら言い合いをしていたがクルミの頭には何も入ってこなかった。

今、キスされた？　それも唇に……。初対面の男にキス……。キス……。

「フギャー！」

そう理解すると、バタバタと大暴れしてシオンの手から逃れ部屋の片隅で身を小さくした。

「あれ？　どうしたのかな？」

シオンはクルミの反応の理由が分からず首を傾げている。

「お前の性格の悪さが伝わったんじゃないか？」

「アスター、君は本当に遠慮がないね。僕にそんな無礼な口をきくのは君ぐらいだよ。クビにされたいの？」

「はんっ！　性格の悪いお前にはこれくらい言えるような鋼《はがね》の精神じゃなきゃ付いていけるか」

二人は言い合いをしていても、そこに含まれる信頼が垣間見られたが、それに気付けるほどの余裕はクルミにはなく、頭の中は大パニックだ。

部屋の片隅でシクシク心の中で泣いた。

助けてくれたことには感謝していたが、こんなことをされるとは聞いていない。

やはりここから出て自力で帝都に行こう。

そうクルミが決意し、話に気を取られているシオンの横を通り過ぎ扉へと向かう。すると……。

『シオン～。またにゃんこが逃げ出そうとしてるよ～』

また余計なことを言う精霊により、シオンがクルミの存在を思い出したようだ。

「困った子だね」

やれやれという様子で立ち上がったシオンが、逃げるべく扉の前にいたクルミを抱き上げる。

「にゃ～にゃ～（離せ～）」

猫語が伝わるはずもなく、「お腹が空いたのかな？」とシオンは勘違いする。

「アスター、何か下で食事用意してもらって。僕もお腹空いてきたし」

「……分かった。けど、今度はちゃんと世話しろよ！」

ビシッと指を突き付けてから、アスターは部屋を出て行った。

残されたクルミはゆっくり閉じていく扉をがっくりとしながら見つめていた。

「ふふふっ、雨で濡れてた体も乾いてきたね。フワフワだ」

怪我をした腕に気を付けながら撫で回してくるシオンに、クルミはもうどうにでもしてと不貞腐《ふてくさ》れていた。

精霊の目がある中で逃げ出すのは難しいかもしれない。

どうにか隙を見つけなければとクルミは思案する。

そんなクルミの頭の中に突然……。

『アカーン‼』

びっくりしてクルミは辺りを見回したが、すぐにこの部屋の中にいる誰かがしゃべったわけではないのに気付く。

それは、クルミと魔力で繋がったナズナからの心の声だ。

『どうしたの、ナズナ』

クルミもナズナへ言葉を返す。

『アカンわ主はん。あの領主、本格的に動き始めよった』

『どういうこと？』

『町中兵士ばっかりや。なにがなんでも主はんを捕まえて魔法具作らす気やでこれは。昨日主はんが泊まってた宿も見張られとるし、町の出入り口も兵士の検閲《けんえつ》が厳しなっとるで』

『あのアホ領主め……』

アホに権力を持たせるとアホなことにしかならないという典型的な見本だ。

それではここから出て行っても、すぐに兵士に見つかってしまう可能性が高い。

ますます人間に戻れなくなった。

黒目黒髪というこちらの世界では珍しい色をしているのですぐに見つかってしまうだろう。

『ナズナはとりあえず私が指示するまで町の様子を監視してて』

『主はんはどうするんでっか？』

『私を拾ったシオンっていう人に付いてく。どうもこの人も帝都に行くらしいから、猫のままペットとして付いていけばそのまま帝都まで行けるはず。ナズナは私が移動を始めたら少し離れて付いてきて』

猫の姿ならば見つかることはないので猫の姿でこの町を出ればいいのだろうが、怪我をしているため歩くのにも痛みを伴う。

怪我が癒《い》えるまでは、ここで猫になりきっていた方が賢明だと判断する。

『了解や。でも、精霊がおって人間ってバレんかいな？』

『今のところ気付かれてないみたいだし、バレないように気を付ける』

ナズナとの話し合いを終えてシオンを見上げるとにっこりと微笑みが返ってきた。

何故だろうか。肉食獣を前にした草食動物の気分になるのは。

こんなに優しい笑顔なのに……。

後に思う。

過去の自分と話すことができたなら、こう言っていただろう。なにがなんでも逃げろ！　と。

第13話　皇帝陛下

猫になりきったまま、シオンと共に寝て、起きる。

年頃の乙女として添い寝は拒否したくて大暴れしたが、思ったよりシオンの力が強くて力尽きた。

寝起きのシオンは眼福《がんぷく》の美しさと色気をまとっており、普通の女子ならば鼻血を噴いていたかもしれない。

しかし残念ながら人間不信に拍車がかかってしまったクルミにシオンの色気は通じなかった。

むしろ、この容姿でどれだけの女性を食い物にしてきたのかと警戒心が増した。

クルミに用意された猫用の朝食……とは言え庶民が食べる物より美味しい食事を取ったら、なにやらアスターがクッションの入った籠を持ってきた。

「ほらほら～。猫ちゃんこっちに乗ってみな」

どうやらクルミのためのベッドを用意してくれたようだ。

前足でフカフカのクッションの感触を確かめてその上に乗って丸くなる。

ほどよい弾力とフカフカの感触にクルミはご満悦だ。

こんなことをしていると本当の猫になったような気がしてくる。

しかし、怪我をした腕にはこのクッションは柔らかくちょうど良かった。

「気に入ったようだな」

ニカッと歯を見せて笑うアスターは、どうも世話好きな性格をしているようだ。

昨日から見ていると、なんだかんだと文句を言いながら甲斐甲斐《かいがい》しくシオンの世話を焼いているのだ。

やれ、食事の前には手を洗えだの、好き嫌いはするなだとか。今も怪我をしたクルミのために柔らかいベッドを持ってきてくれる。

アスターのことをオカンと心の中で呼んでいるのは秘密である。

アスターの持ってきたベッドの上でのんびりしていたら、シオンに抱っこされ膝の上に乗せられた。どうやら包帯を新しく変えるようで、包帯を取り消毒をしてから綺麗な包帯で巻いていってくれる。

「ところでこの猫の名前なんだ？」

「うーん、まだ、ね」

意味深な微笑みを浮かべるシオンに、アスターはうろんげな顔をした。

「また良からぬことを企《たくら》んでるんじゃないだろうな？」

「人聞きの悪い。考えすぎると頭が寂しくなるよ」

「冗談にならねえ冗談を言うんじゃねえよ。俺の親父もじいさんも毛がヤバいの知ってるだろ！」

「なら、アスターが仲間に入る前に効果的な毛生え薬が開発されるのを祈っておくよ」

「本当にお前って性格悪い……。国民にお前達は騙されてるんだと教えてやりたいよ」

「褒め言葉と受け取っておくよ。さて、そろそろ帝都に帰ろうか」

「もういいのか？」

「ああ。ここで調べるべきことは調べた。僕の目を掻《か》い潜《くぐ》っておいたをした奴にはお仕置きをしないとね」

天使のような優しげな微笑みなのに、背筋が凍るような薄ら寒さを感じる。

クルミは思わず身震いした。

なんだか頼ってはいけない人に頼ってしまったような気がしてならない。

傷付いた猫を助けるような心優しい人なのだし、そんなことはないとクルミは自分に言って聞か

せた。

クルミは籠に入ったまま運ばれ、シオンと共に馬車の中に。

これまた豪華な造りと内装に感心する。

やはり愛し子だから国に保護されているのかもしれないと思うも、それならばどうしてこんな気安く出歩いているのかという疑問もある。

見たところ護衛らしき人物はオカン……もとい、アスターしかいない。

まあ、精霊がいるので身の安全は保証されているようなものだが、人間のほとんどは精霊が見えない。

それは他の種族に比べ、人間には精霊が見えるほどの魔力を持つ者が少ないからと言われている。

魔力があっても、精霊と相性が悪くて見えないという例外な者もいるにはいるが、圧倒的に人間は精霊が見える者が少ないのが現状だ。

それでも多くの国は精霊の存在を信じ、信仰している。

なので愛し子へ害をなすことがどんな結果をもたらすかは犯罪者でも分かっている。

けれど見えない故に、シオンのことを愛し子と分からず襲ってくる者がいないとも限らない。

はっきり言って、不用心だ。

しかし、当のシオンはそんなことは関係ないというように旅を楽しんでいるように見える。

警戒しているアスターが馬鹿に思えるほどにリラックスしていた。

隣の座席に置けばいいものを、クルミの入った籠を膝の上に置いている。そこにはシオンのクルミへの執着心が垣間見えるようだった。

それを見ていたアスターは何やら苦い顔をしている。

「お前、本当にその猫が気に入ったんだな」

「だから言ってるじゃないか。この子は特別なんだ」

「捨て猫だろう？　どこにお前の興味をそんな惹《ひ》くことがあったんだか」

「この子といるとなんか楽しいことが起こりそうな予感がするんだよ。退屈な日常が愉快なものになりそうな予感が」

そう言ったシオンの目はとても楽しそうに輝いていた。

「なんかその猫が憐れに思えてきたかも。お前みたいな奴に目を付けられるなんて」

「失礼な。ちゃんと可愛がるよ、ちゃんとね」

よしよしとクルミは撫でられた。猫じゃないのにと思いながらも、親にも撫でられた記憶のないクルミにその行為は新鮮だった。

あまり嫌な気はしなかったので、されるがままになっている。

そんな状態にありながら、クルミは意識を外に向けており、馬車の後方からナズナが付いてくる気配を感じ取っていた。

ちゃんと付いてきているようでほっとする。

ナズナは使い魔なので、魔力がなくならない限り動き続けることができる。

途中で力尽きる心配がないので、その点は安心だ。

そうして、途中の町で宿に泊まったりしながら数日をかけて帝都まで辿り着いた。

その間にバレることはなく可愛い猫で通せたが、ペットと思っているシオンのスキンシップが多いのが目下の悩みだ。

頭を撫でられるぐらいなら問題ないが、頬ずりしてきたり、果てはキスしようとしてきたりするので必死で抵抗する。

しかし、そんな抵抗する姿すら可愛い……というか、面白がられている気がする。

わざと嫌がらせをされているのではないかと深読みしてしまうほどだ。

まだ完治とはいかないが、怪我の方はだいぶましになった。

帝都に着いたことだし、そろそろ逃げ出すことを考えなければならない。

これまで毎日甲斐甲斐しく怪我の手当てをしてくれたシオンにお礼もせずいなくなるのは悪いとは思うが、人間でしたなどと言うわけにもいかない。

騙したと無礼打ちされたら目も当てられない。

しかし、もう少し傷の具合が良くなるまではご厄介《やっかい》になろうかと、そのまま馬車に乗っていた。

四大大国の一つと言われる帝国だけあって、馬車から覗いた帝都の町は活気があり、人口も多いように見える。

ぜひとも竜王国に向かう前には帝都を散策したいものだと、クルミは興味津々に外の風景を見ていた。

愛し子であるシオン。

恐らく国に保護されているのではないかという予想は当たり、馬車は帝都の中央にある宮殿を目指していた。

ヨーロッパを思わせる宮殿は異世界に来たというより海外旅行に来たかのような気分の方が正しいかもしれない。

町中でも亜人や獣人の姿を見つけられなかったせいもあるだろう。

まあ、亜人は動物の姿の名残《なごり》がある見た目をしている獣人と違い、人間と変わらない姿に完全に変化できるので一見しただけでは分からないのだが。

どうやら他の四大大国に比べ、帝国は人口のほとんどを人間が占めているらしい。

これが竜王国や霊王国だと半々で、獣王国だと獣人亜人が多くなる傾向にあるようだという情報は、最初の町で手助けしてくれた警らの人から教えてもらった。

警らの人達はいい人達だったのに、領主があれではかわいそうでならない。

というか、この世界に来てから波乱続きな気がするのは気のせいではないはず。

これからは面倒事に巻き込まれないように祈りたいが、クルミのその願いはすぐに破られる。

クルミを抱いたまま宮殿を我が物顔で闊歩《かっぽ》するシオンと、その後に付き従うアスター。

シオンの顔を見るだけで、すれ違う人々は廊下の端に寄り頭を下げていく。

シオンの身分の高さが窺える光景だ。

まあ、国単位で影響を与える愛し子なのだから当然と言えば当然だ。

そう考えると、シオンと一緒にいるアスターもそれなりの地位にあるのだろう。

シオンはどんどん宮殿の奥まった方へ向かっていく。

どこへ行くのかと抱っこされながらも大人しくしていたクルミの耳に何か聞こえてくる。

「………いか……っ」

ぴくりと耳が動く。

声は段々と大きくなり、複数の足音も近付いてくる。

そして、クルミの前方から身分の高そうな中年のおじ様達が恐ろしい形相で走って来るのが見えた。

「にゃっ！」

思わずシオンの服にしがみ付く。

なんなんだあれは。と思っていると、彼らはシオンの前で止まった。

「陛下〜!!　どこに行っておったのです！」

「またお一人でお出かけになっていたのですか⁉」

「一人じゃないよ、アスターが一緒だし」

悪気《わるぎ》がなさそうに笑っているシオンと、怒りを滲ませるおじ様達の会話を聞いていたクルミの頭に疑問が。

今、変な単語を聞いた気がする。

「陛下はそう言っていつも屁理屈《へりくつ》をこねられる」

「シオン様はこの帝国ただ一人の愛し子であり、皇帝陛下でもあらせられるのですよ⁉」

「至高の御身《おんみ》を危険にさらされる度に、何かあったらと私らの胃に穴があきそうです！」

「はいはい。説教はまた今度にしてくれないかい。帰ってきたところで疲れてるんだ」

「陛下～」

やり取りを聞いていたクルミはポカンとする。

そして、その目をまん丸にしてシオンを見上げた。

「ニャア⁉　（陛下～⁉）」

「ん？　どうしたんだい、そんなに目を丸くして。さっきの者達に驚いたのかな？　もう行ってしまったから大丈夫だよ」

よしよしと頭を撫でるシオンの見当違いの慰めに反応を返すどころではなかった。

先程のおじ様達は陛下と言った。シオンのことを皇帝陛下と。

これが驚かずにいられようか。

愛し子が国のトップであることにはそれほど驚きはない。

全然驚きがないわけではないが、ヴァイトという前例をクルミは知っていた。

驚くのはそんな高貴な人があんな町でオカン……ではなく、アスターしか護衛を付けず出歩いていたことだ。

しかもクルミと出会った時など一人だったではないか。

それにシオンの年齢もある。

老化の遅い竜族と違いシオンは人間のよう。普通に見た目通りの年齢と考えると二十代前半にしか見えない。

そんな若者が四大大国の皇帝という驚き。

そして、町中で偶然拾われた人がそんな大物だったという驚きだ。

ピンポイントで大物を釣り上げたこの事態が果たしてクルミにとって吉《きち》と出るか凶《きょう》と出るか。

この時のクルミにはまだ分からなかった。

第14話　黒猫は皇帝の手のひらの上

シオンが皇帝であったという事実に驚いてから早数日。

食事も仕事も寝る時も、シオンはどこへ行くにもクルミを連れていった。

怪我を心配してか、移動は必ず抱っこされて。

皇帝のペットとして、それはもう悠々《ゆうゆう》自適《じてき》、至れり尽くせりな宮殿暮らしだ。

ちょっとこのままでも良いかもしれない……。　などと悪魔が囁《ささや》いたが、何日もすればずっと魔法を使っていないので研究がしたくなってくる。

オカンは相変わらずオカンのようで、宮殿でもシオンに付き従ってあれやこれやと口を出している。

そんな甲斐甲斐しいアスターに笑顔を浮かべながら、シオンは皇帝としてその多くの時間を執務室で書類に囲まれ過ごしていた。

愛し子という我が儘が許される立場でありながら、文句も言わず黙々と書類の決裁に、大臣達との会議など、精力的に働いている。

帝都に着くまでにクルミが見てきたシオンは、どこか子供っぽい雰囲気もあり、時々アスターをからかって困らせては面白がっていた。

けれど、宮殿に来てからのシオンは、常に笑みを絶やさず、臣下の声にも真剣に耳を傾け、真面目《まじめ》に書類を捌き、的確な指示を与えるお手本のような皇帝だった。

宮殿で働く人達からはシオンを褒め称《たた》える言葉しか聞こえてこない、若き賢君。

きっと、アスターはシオンにとって心許せる相手なのだろう。

笑顔が違う。人前に出るシオンは、まるで天使の微笑みの仮面を被《かぶ》ったような張り付いた笑顔をしていた。

それがなんだか気持ち悪い。

そう思うのは、宮殿に来るまでに、気を許した者に見せる楽しげでちょっと黒さを感じる笑みを見たからだろうか。

なんだかほだされかけてるなぁと思い始めた頃、ようやくクルミの腕の包帯が取れた。

「……うん。ちゃんと治ってるね」

傷跡はまだあるが、傷は綺麗に塞《ふさ》がっていて、痛みももうない。

「にゃーん」

お礼を言うように、クルミはシオンの手に頭を擦り付ける。

あの町から脱出できたのはシオンのおかげだ。お礼を言っても言い足りない。

しかもだ、どうやらシオンがあの町にいたのは調査のためだったことをこの前知った。

領主の悪行の噂を聞きつけて、皇帝自ら足を運んだというのだから、シオンはかなりフットワークが軽い。

クルミに因縁《いんねん》を付けてきたあの領主、裏では他にも色々やらかしていたらしい。

お仕置きしないとねと、シオンが天使の皮を被った悪魔の微笑みをしていたから、それ相応の処罰があるのだろう。

ざまあみろであるが、このシオンは見た目に反していい性格をしていることがこの数日で分かった。

シオンがクルミを執務室にも連れて行くのでシオンのいろんな会話を聞くことができたのだが、愛し子云々《うんぬん》ではなく絶対に敵に回してはいけない人物だと認識を改めた。

最初は捨て猫を拾う優しい人だと思ったのだが、ただの優しい人ではない。

まあ、皇帝ともなると優しいだけではやっていけないのだろう。

こちらに火の粉が飛ばないならどうでもいい。ここにいるのはあと少しだから。

クルミはすでにここを出る算段を付けていた。

『ナズナ』

『はいな』

クルミが心の中でナズナを呼ぶと、すぐに返事がきた。

『今日出るから』

『もう傷はよろしいんでっか？』

『うん。問題ないわ。ナズナはどこにいる？』

『宮殿内の森の中やで』

広い宮殿内には森と言って差しつかえない広大な庭がある。

野生の動物などもいて、時には狩りを行ったりするらしい。

ナズナはそこに身を隠しているようだ。

『なら今夜、部屋まで来られる？　テラスから出るから受け止めて』

『了解や。見つからんように気を付けるんやで～』

ナズナとの会話を終えて、のんびりする。

カリカリとペンを走らせるシオンを見つめて、こんなのんびりした時間も今日で終わりかと、なんだかしみじみとしてきた。


深夜、シオンが寝静まった寝室で、クルミはゴソゴソと動き始めた。

周囲にはシオン以外誰もいない。

シオンは寝る時、精霊を側に置かないらしい。

まあ、精霊に睡眠は不要なので、常にちょこまかとしておしゃべりでうるさくて睡眠妨害になるからだろう。

だが、そのおかげで動きがとりやすい。

しっかりとシオンが寝ているのを確認して、クルミはベッドから飛び下りた。

皇帝が使うだけある高級そうなカーペットの上に音を立てず着地する。

クルミが離れてもシオンが起きる様子はない。

クルミは心の中で「ありがとう」とシオンにお礼を言い、テラスへ続く窓へと近付いた。

前足で押すとゆっくりと開いた窓から外へ飛び出す。

テラスの手すりに飛び乗り、そこから外へ向かって全力のジャンプ。

三階にあるシオンの部屋から飛び下りるのは普通に考えると自殺行為だが、クルミの体は重力に反してゆっくりと地面に着地した。

「なんや久しぶりやな、主はん」

そこではナズナが待ち構えていた。

クルミを受け止めたのはナズナの首にあるチョーカーの形をした魔法具だ。

それには風の魔法を刻んでいる。

両足にはそれぞれ水と雷《かみなり》、そして首には風と、ナズナに乞《こ》われてあらかじめたくさんの魔法具を与えていたのは正解だった。

『じゃあ、とっとここを出ましょう。明日は帝都を観光よ』

「楽しみやわ～」

クルクルと楽しげに空を飛ぶナズナを微笑ましく見てから、クルミは森に向かって走り出した。

クルミがのんびりとしている間に宮殿内を探策していたナズナの情報によると、この森を抜けた先に宮殿を囲むように壁があるのだが、抜け穴ができている所があるらしい。

人は通れはしないが、猫の姿である今のクルミなら難なく通れるほどの大きさの穴が。

そこを目指して、身体強化をして森の中を疾走していると……。

『にゃんこだ～』

ビクッとクルミの心臓が跳ねた。

急ブレーキをかけて周囲をキョロキョロ見渡すと、頭上に複数の精霊がいるのを発見した。

『あれって、シオンのにゃんこだよ～』

『散歩かな？』

『散歩じゃなくて迷子かもよ？』

『大変だ～。シオンに知らせないと』

『じゃあ、僕はにゃんこを捕まえよう』

『おー』

腕を突き上げて盛り上がっている精霊達に、これはマズいとクルミは大急ぎで走り始めた。

『あ、逃げたー』

『追いかけっこだ！』

『わーい』

わらわらと集まってきた精霊にクルミは声なき声を上げる。

『ひぃぃぃぃ！　ナズナなんとかならないの⁉』

「そんなこと言うたかて、精霊に手出したらこっちがやられてまう」

身体強化までして走っているのに、その速さに追い付いてくる精霊達。

クルミには彼らが悪魔に見えた。

そして一人の精霊がクルミに張り付いた。

『つ～かまえた～』

「にゃぁぁ！　（ぎゃあぁぁ！）」

あまりの恐怖にクルミはその場で失神《しっしん》してしまった。

そして次に目が覚めた時にはシオンの膝の上に。

「あっ、目が覚めたみたいだね。悪い子だ。僕が寝ている間に抜け出すなんて。迷子のところを精霊達が見つけてくれて助かったよ」

「にゃうう……　（違うのにぃぃ）」

シオンに「見つけてくれてありがとう」とお礼を言われている精霊達は、ドヤ顔で胸を張っていた。

次の日の夜。

リベンジマッチが開催されることになった。

本当ならばとっくに帝都観光を楽しんで町の安宿にいるはずだというのに、未だにこの豪華な皇帝の寝所にいる。

今日こそはと、テラスへ続く窓を開けようとしたが、開かない……。

「にゃんっ？　（なんでっ？.）」

恐らくここから出たことを知ったシオンが今日は鍵をかけたのだろう。

そう言えばシオンが寝る前に窓を触っていたのを思い出した。

これはマズい……。

クルミは室内をグルグルと歩き回りながら頭を働かせ、どこかに逃げ道はないかと考える。

素直に扉から出るのは愚行だ。

扉の前には警備の兵士が常駐していて、そこから出て行けばすぐに見つかってしまう。

どうしようと焦りながら寝室から出て他の部屋を確認していくと、お風呂場の窓が開いていた。

換気のために開けていたのだろう。

それを見てクルミは目を輝かせた。

猫のジャンプ力を駆使して窓に飛び乗り、空いた隙間に体を滑り込ませた。

『ナズナー！』

少しするとナズナが窓の方に回ってきた。

それを見て飛び下りると、昨日と同じようにナズナの魔法具の力で着地。

今度こそと地面を蹴ったその時。

『またにゃんこが逃げ出したよ～』

『追いかけろ～』

『わーい！』

デジャブ……。

今度は失神する恥をさらすことはなかったが、精霊に呼び出されたシオンが迎えにやって来た頃にはたくさんの精霊に押し潰されていた。

シオンの後ろにはアスターの姿もある。

「まったく、困った子だね」

そう言いつつも困った様子はなく、むしろ楽しそうな声色《こわいろ》で大量の精霊に埋もれたクルミを救出した。

「にゃん、にゃうう！（なんで、なんでこうなるの！）」

「もう夜中に遊びに出かけたら駄目だよ」

シオンに頭を撫でられながら、クルミはどうしたらここを出て行けるかと考えを巡らせた。

そして、答えに辿り着いたのだ！

シオンも精霊もクルミをシオンのペットの猫と思っている。

つまり、人間に戻れば追いかけてくることはない、と。

そこでクルミは準備を始めることにした。

まずは宮殿内の調査だ。

普段はシオンと執務室で大人しくしているところを、扉をカリカリと引っ掻き、外に行きたいアピールをする。

すぐにアスターが気付いてくれる。さすが、オカンは気が利く。

「なんだ、お前外に行きたいのか？」

そうするとシオンも手を止めてクルミに視線を向けてくる。

「アスター、開けてあげて」

「いいのか？　また迷子になるぞ。宮殿は広いから」

「大丈夫だよ。宮殿の外には精霊がいるからすぐに見つけてくれるよ。クルミだって部屋でじっとしてるのは退屈だろうからね」

この時気付くべきだった。シオンの言葉の違和感に。けれど、クルミの頭は次の計画のことでいっぱいだった。

自由な時間を手に入れたクルミは早速目的の物を見つけるべく積極的に動く。

どうやらこの数日の間でクルミの存在は周知されているらしく、黒猫が宮殿の廊下のど真ん中を歩いていても誰も咎《とが》めない。

それをいいことに、クルミはそれぞれの部屋を物色《ぶっしょく》していき、そしてようやく見つけた。

「にゃふふふ」

見つけたのは宮殿で働く女官の服だ。

それを空間の中に放り込む。

そして、クルミはすぐに実行に移すのではなく、数日の期間を置いた。

シオンが執務室に行って少しすると、クルミは外に出たがりアスターが外に出してくれる。

そこで逃げるのではなく、必ずしばらくしたら元の執務室に戻った。

そうして、外に出してもクルミが帰ってくることをシオンとアスターに印象付けた。

何日もかけて気を許してきただろうその日、クルミの計画が実行に移される。

「にゃんにゃん」

その日もいつもと同じように扉をカリカリと掻くクルミに、アスターがまたかと仕方なしに扉を開けてくれる。

「ちゃんと戻ってくるんだぞー」

心の中でアスターに謝罪し、クルミは執務室から飛び出した。

この数日宮殿内を調べ回ったので、どこをどう歩けばどこに辿り着くか、地図は頭の中だ。

シオンの私室や執務室の近くは高位の女官や侍従、兵士しか入れない。

その辺りで人間に戻るとすぐに身バレしてしまうので、宮殿内でも人の少なく、かつ、下位の者が出入りする辺りに向かった。

下位の女官ともなると人数も多く出入りも激しかったりするので、見知らぬ者が一人混ざっていてもさして違和感をもたれない。

そこに目を付けたクルミは、人気の少ない部屋にあらかじめ目星を付けておき、そこにナズナを潜ませた。

その部屋でナズナと落ち合ったクルミは、ナズナに腕輪を外してもらい、女官の服に着替える。

目立つ黒髪を帽子の中に押し込み、伏し目がちに部屋から出た。

さすがに真っ正面から出るわけにはいかない。

宮殿の出入りには厳しい調べがあるからだ。

いくら女官の服を着ていても難しいだろうというのが、ここ数日で調べた結果だ。

けれど、まったく穴がないわけでもない。

宮殿の敷地は広く、ほとんど使われていない離宮もたくさんある。

そして、そういうところにはたいがい外へ通じる隠し通路があるものだ。

そちらはナズナが下調べ済みで、いくつかの中から隠し通路がある離宮を見つけていた。

クルミが目を付けたそこは、月に一度清掃が入る程度でほぼ放置されている。

ひと目の多い道を避けながらその離宮へとやって来た。

ここまでは全て計画通り。

後は隠し通路から外へ出るだけ。

「やっと出られるわね」

「長かったな〜。主はん」

「外に出たら観光三昧《ざんまい》よー！」

ゴールが間近に見えて意気揚々と離宮の扉を開けた。が、その瞬間、クルミは笑顔のまま固まった。

「やあ、遅かったね」

そこには天使のような笑顔で出迎えるシオンの姿があった。

何故シオンがここにいるのか……。

全身から冷や汗が止まらない。

「こ、皇帝陛下……、どうしてここに？」

「嫌だなぁ、皇帝陛下だなんて他人行儀な。シオンと呼んでくれていいんだよ」

「何をおっしゃるのやら。一介《いっかい》の女官が陛下のお名前を口にするなど恐れ多く……」

クルミは自分の声が震えているのが分かったが、動揺は隠しきれない。

シオンは今頃執務室にいるはずだ。

それにこの気安さはなんなのか。

気付かれている？　いや、そんなはず……。と、クルミの頭の中はパニック状態。

肩に止まるナズナもどうしていいのか分からない様子で、オロオロしている。

「私は仕事がありますので、これで」

ここは逃げるが最善とばかりにきびすを返したが、すかさずシオンに腕を掴まれた。

そして、袖をまくられる。

露わになった腕をじっくりと見られ、居心地が悪い。

「うん、やっぱりちょっと痕が残ってるね。猫の時は毛が邪魔でよく見えなかったから良かったけど」

ドキンって心臓が跳ねた。

「ねねね、猫？　なんのことですか？」

腕から視線を上げたシオンが笑った。それはもう邪悪で真っ黒な笑みを。

「僕が何も知らないと思った？　そう思ってるなら愛し子というものを甘く見すぎだよ。ねえ、クルミ」

決して教えていなかったクルミの名をさも当然というように口にしたシオンに、クルミは顔を引き攣らせた。

「な、な、え？」

「知っているよ。君の名がクルミということも、異世界からの来訪者だということも、全てね」

クルミは口をパクパクとさせるがあまりにもびっくりしすぎて言葉が思うように出てこない。

「これ、見覚えあるでしょ？」

「そ、それっ！」

目の前に吊り下げられたそれは、この世界に来た初日にとっ捕まえた精霊に情報と引き換えに渡したスクイーズだった。

シオンは愛おしげにそれに唇を寄せる。

まるでクルミに見せつけるかのように。

「どこまでっ……」

「知ってるよ。ここと違う別の世界から来たことも、村ぐるみで売られそうになったことも。まあ、それは精霊に調べてもらって知ったことだけど、町でクルミが一生懸命魔法具を売っているところからは実際に見ていたよ。気付いていなかったみたいだけど」

「な……なら、私が猫になっていたのも知って……」

「ああ、知っていて拾ったんだ」

言葉が出ない。

知っていてクルミを拾って、猫のように接し、猫のように扱っていたのか。

それならばクルミが逃げようとしていることも分かっていたはず。分かった上でクルミが足掻くのを楽しんで見ていたわけだ。

「性格悪いっ!!」

「あはは、よく言われる。……よいしょっと」

「ひゃっ！」

突然シオンに抱き上げられたクルミは声を上げた。

「何するの、下ろして！」

「駄目だよ。だって下ろしたらクルミは宮殿から出て行っちゃうでしょう？」

「当たり前」

「だから駄目。クルミは僕が拾った僕の黒猫なんだから」

逃がさないよ。とそう耳もとで囁いたシオンの捕食者の目を見てしまったクルミは、とんでもない者に捕まってしまったのではないかと察して顔を青くした。

第15話　脱走からの捕獲

「は～な～せ～。離して～！」

「だーめ」

帝国の至高の存在たる皇帝と、そんな皇帝に抱き上げられながら大暴れしているクルミを、たくさんの人達が目を丸くして見ている。

シオンに捕まえられたクルミは抵抗して大暴れしているが、彼はうんともすんとも言わない。

細身な見た目に反してシオンの力は予想以上に強かった。

肉体強化して大暴れしているのに抜け出せないとは。

シオンも同じような魔法を使っているのかもしれない。

ぎゃあぎゃあ騒ぎながら戻ってきた執務室。

部屋に入るやいなや、オカンが吠えた。

「くぉるぁ！　シオン！　お前は急にどっか行きやがって、どこで何して……」

怒りにまかせて怒鳴りつけたものの、シオンの持っているクルミの姿を見て、段々と尻すぼみになっていく。

「お前、何持ってるの？」

「何って、僕の可愛い黒猫だよ」

「誰がいつ、あんたのになった！」

クワッと目を剥いてクルミは否定する。

「クルミを拾った時からに決まってるじゃないか。まったく、猫の時はゴロゴロ甘えてきて可愛かったのに、人間になった途端にこんなじゃじゃ馬になっちゃって……」

やれやれというように息を吐くシオンに、クルミは聞きたくないと耳を塞ぐ。

「止めて、それはもう私の中では消えた過去になったんだから！」

人間とバレないように猫になりきって甘えたり擦り寄ったりしていたが、今となっては思い出したくない黒歴史である。

まさか最初から人間と分かっていたなんて思っていないからこその行動だ。

「クルミがどんなに嫌がっても過去は消えないものだよ。可愛かったなぁ、クルミの寝顔は。今日も一緒に寝ようね」

「わざと言ってる、この人！　性格悪い。助けて、オカン～」

クルミはポカンとしているアスターに向けて手を伸ばした。

「はっ？　オカン？」

すると、噴き出すようにシオンが声を上げて笑った。

「あははは っ、オカンだって。確かにアスターは口うるさい母親みたいだよね。よかったね、アスターに娘ができたよ」

「オカン、このいじめっ子から助けて！　いや、いじめっ子なんて可愛らしいものじゃないわ。悪魔よ、魔王よ。そして精霊は魔王の手先だわ」

散々な言われようだが、シオンは至極《しごく》楽しそうだ。

クルミの反応を面白がっている。

一方、置いてけぼりをくっているのがアスターである。

「いやいや、俺に娘はいない！　……じゃなくて、俺は男だ！　……でもなくて……頭がパニクってきた。さっきから普通に俺を会話に巻き込んでるが、どういうことだ？」

「どうって何が？」

シオンが首を傾げる。

「お前が連れてるのは誰なんだよ」

「クルミだよ。さっきまでこの部屋にいただろう。僕の黒猫だ」

チュッとシオンがクルミのこめかみにキスをすると「ぎゃあぁぁ！」とクルミが叫んだ。

絶対に嫌がらせである。クスクスとシオン一人だけ楽しそうだ。

アスターは猫を被っていない素《す》を見せているシオンに驚いた顔をしている。

「黒猫って……」

アスターはクルミを見た後、執務室に置かれている、猫のために用意されたベッドを見た。

そして、再びクルミを見てようやく察したらしい。

「いや……でも、そんなこと……」

「アスターは竜王国の愛し子を知っているだろう？」

ハッとしたように顔を上げたアスターは「あの腕輪！」と声を上げ、シオンはにっこりと笑みを浮かべて頷いた。

今度はクルミが置いてけぼりをくらう。

「えっ、何？　竜王国の愛し子？」

「竜王国の愛し子もクルミと同じ腕輪を持っていて、よく猫に変身しているんだよ。まあ、あっちは白猫だけど」

「えっ、本当⁉」

そんなはずはない。

この腕輪は、クルミが持つ物とヴァイトにあげた二つだけ。

しかし、すぐに時の精霊リディアの姿が頭に浮かんだ。

「もしかしてその愛し子って、時の精霊と契約してる？」

「してるよ」

「そう……」

それならば納得だった。

以前契約していたヴァイトの私物を、次の契約者であるその愛し子が継承したのだろうと考えた。

クルミが自分の前世の遺産を手にしたように。

まあ、その辺りの詳しいことはまたリディアに聞けばいいと頭の隅に寄せた。

今問題なのはそんなことではない。

「とりあえず、下ろしてっ」

「はいはい」

今度はすんなりと下ろしてくれ、ようやく地面と再会を果たした。

ほっとしたクルミは、くるりと背を向け歩き出す。

「どこに行くんだい？」

「ここを出て行くの」

「ここにいれば三食昼寝付き。衣食住の心配せずに研究三昧させてあげるよ？」

「…………そんなのいらない」

「主はん、今ちょっといいかもって思ったやろ」

「お黙り」

ナズナの言葉は的確にクルミの心を表していた。

正直言うと、とても心惹かれる内容だ。が、魔王の甘言《かんげん》に惑わされるわけにはいかない。

絶対に裏があるはずと、クルミは疑っていた。

「私にはこれから行きたい所があるんだから。帝国でじっとしてるつもりはないもの」

「どこに行きたいんだい？」

どこでもいいだろうと言う前にナズナが口を滑らした。

「ヤダカインですわ」

「っナズナ、なんで言っちゃうの⁉」

「えっ、アカンかった？」

「アカンのです！」

クルミとナズナが言い合いをしている側で、シオンは目を細めた。

「ふーん、ヤダカインねぇ」

「ヤダカインなんかに何の用があるんだ？　あそこは何もないだろう」

そう、アスターが不思議そうにする。

「あそこは名所らしいものもない。変わったものは魔女の使う魔法ぐらいだ」

どうやらシオンは、クルミが異世界人と猫だったことは知っていても、前世のことまでは知らないようだ。

クルミもそこまで詳しく説明するつもりはなかった。

「あなたには関係ないわ」

ツンとした態度を取るクルミに、シオンは笑みを深くした。

「クルミ。あまり頑固《がんこ》だとお仕置きするよ」

真っ黒な笑顔を向けられたクルミはビクッと怯《おび》える。

このシオンの恐ろしさはここ数日で嫌でも目にしてきた。が、クルミとて意地がある。

頑《かたく》なに口をつぐんでいると、大袈裟な溜息を吐かれる。

「仕方ない」

シオンはテーブルの上にあったベルをチリンチリンと鳴らした。

何が起こるのかと身構えていると、部屋の扉がノックされ、シオンの許可で女官がぞろぞろと入ってきた。

「彼女を」

それだけで彼女達には通じたらしく、揃って頭を下げる。

「かしこまりました」

女官達にガシッと腕を掴まれたクルミは唖然としたまま引きずられていく。

「えっ、何？　何がかしこまりましたなの？」

ズルズルと引きずられたまま部屋を出されたクルミに、扉が閉まる直前、満面の笑みで手を振るシオンが目に入った。

それから、どこに行くのかと聞いても答えてくれない女官達に連れて行かれたのは、大きなお風呂だ。

盗んだ女官服を剥《は》ぎ取られ、お風呂に入れられゴシゴシと入念に丸洗いされる。

ツルツルになったクルミの髪を乾かすのに使われたのは、ドライヤーのように暖かい風を出す魔法具だ。

こんな物もあるのかと感心している間に、メイクをされ髪を整えられ、最後にずっと触っていたくなるような上質の布で作られたドレスを着せられる。

鏡の前に立たされると、見違えるように綺麗な自分が映っていて、クルミは目を輝かせた。

「わぁぁ、綺麗。私じゃないみたい……ってちっがーう！」

一人ノリツッコミをした後、再びシオンの執務室に戻された。

すると、そこではテーブルの上に乗ったナズナが、椅子《いす》に座りながら優雅にお茶を飲むシオンに話をしているところだった。

「へぇ、なるほど。ヤダカインの初代女王ねぇ。それでクルミはヤダカインに行きたいわけか」

「そういうことでんな」

口の軽い鳥にクルミは怒り心頭である。

「ナズナ！　何をペラペラしゃべっちゃってるの！」

「だって、主はん。このお人に逆らうなと第六感がビシビシ攻撃してくるんですわ」

「うんうん、君はよく分かってる。いい子だね。長生きするよ」

シオンに頭を撫でられたナズナがブルブル怯えているではないか。それを見たらナズナを怒る気も失《う》せた。

「まあ、大抵のことは分かったよ。ヤダカインの女王の前世の記憶に、魔法具の知識か。使い魔なんてこんな生き物を作れる魔法具士……」

シオンはクルミに向かってにっこりと微笑んだ。

「ますます興味が出てきたよ。これは手放せないね」

天使のような微笑みなのに、背後に魔王が見え隠れするのは何故だろう。

優しい笑顔なのに、背中に剣を突きつけられてるかのような気分になるのは初めてである。

「何言ってるのよ、私は出て行くから」

「うんうん、上手くいくといいね。頑張って」

そこから、逃げたいクルミと逃がしたくないシオンの攻防が始まるのであった。


「ううう っ。また捕まったぁぁ」

シオンに抱え上げられながら、両手で顔を覆った。

花火を使って精霊を引き付け、その間に脱走するという計画は無意味に終わった。

元々魔法具に関すること以外ではあまり頭がよくないクルミの渾身《こんしん》の計画だったのに、ただシオンを楽しませただけであった。

だから今度はシオンが視察で出かけている機会を狙ったのだが、それすらシオンの手の内だった。

後少しと気が緩《ゆる》んだ時に見る天使の微笑みは夢でうなされそうである。

「クルミも飽きないねぇ」

この度、めでたくも、二十七回目の逃亡が幕を下ろしたところだ。

「この帝国の皇帝であり愛し子でもある僕の妃《きさき》になれたのに、なんで逃げるかなぁ？」

「それが問題だからでしょう！」

そうなのだ。

このシオンは、クルミの知らぬうちに自分の部屋の側にクルミの部屋を用意し、そこに女性が過ごすのに困らない衣装や小物を準備させていたのだ。

どうやら帰ってきてからすぐに、いつでもクルミを受け入れられるよう密かに用意を始めさせていたらしい。

そうして準備万端の部屋を与えられたクルミは、何故か皇帝シオンの妃として迎えられたのだった。

もちろん抵抗した。それはもう暴れ出さんばかりに。

オカンにも泣きついた。

けれど、シオンは既《すで》に外堀を埋めていたらしく、宮殿で働く人達からは皇帝の黒猫様と愛称まで付けられて、盛大にウェルカムされてしまったのだ。

身分もない、どこの者とも知れぬ女をそこまで歓迎する意味がクルミには理解できなかったが、これまでどんな美姫《びき》にも目もくれず、浮いた話もなかった結婚適齢期の皇帝がみずから部屋を準備し迎え入れた女性。

初めて女性に興味を持ったと、クルミを拒否する声より支持する声の方が大きかったのだ。

そのせいで、なし崩し的にシオンの妃という地位を手に入れてしまった。

クルミには不本意この上ないことだった。

「どうして私がこんな魔王の妃なのよぉ」

「僕がそう決めたからそうなんだよ」

「何様だ」

「皇帝で愛し子様だね」

「くぅ」

それを出されたら何も言えない。

どんな我が儘でも叶《かな》えられる。それが愛し子というものなのだ。

「こんなのが国民には人気だなんて皆騙されてるわ」

クルミが足掻いているのを見て楽しんでいる腹黒いシオンだが、国民からの支持は絶大だった。

皇帝でありながら愛し子。

天使のような微笑みで民を魅了《みりょう》して止まない。

シオンを描いた絵画は即日完売だそうな。

皇帝として善政を敷いているのもあるのだろうが、熱心な信者がいるほどに愛されているのだ。

見た目に騙されるなと、クルミは帝都の中心で叫びたい。

何故この腹黒さが周りに伝わらないのか分からない。

宮殿で働く人達の中にもシオンの信者が多く、「黒猫様は陛下にそんなに愛されて幸せ者ですね」などと言うのだ。

それは事実ではない。クルミの反応を面白がっているだけなのだ。

これまでシオンのお遊びに振り回されていたアスターとは今では同志である。

お互いにシオンに対して通じるものがあってすぐに仲良くなった。

今ではお茶飲み友達で、クルミの逃亡劇が失敗に終わり部屋に戻されると、部屋でお茶を淹《い》れて待っていてくれる。

その後はシオンの愚痴《ぐち》大会の開催だ。お互いに不平不満をぶつけてストレスを発散するのだ。

クルミの気がすむまで愚痴に付き合ってくれる、本当に心優しいオカンである。

けれどいつまでもアスターに愚痴っているわけにはいかない。

「絶対に逃げてやるんだから」

決意を新たにするが、パタパタと飛んできたナズナが言葉を掛ける。

「主はん、もうええかげん諦めて妃になってしまったらどうでっか？」

「ほら、ナズナもこう言ってるよ。人間諦めが肝心だよね」

「ナズナ、余計なこと言わない！　絶対に諦めないから」

「はいはい。まあ、頑張って」

全然心の入っていない応援。シオンはできるはずがないと思っているのだ。精霊が味方に付いているのだから当然だろう。

「悔しいぃぃぃ」

それを否定できないことが悔しい。

部屋に戻されると、やっぱり捕まったかと眉を下げるアスターが迎えてくれた。

「ママ～。また捕まったよぉぉ」

「ママでもオカンでもないと何度言えば分かるんだ、お前は」

そう言いつつも、抱き付くクルミを避けるようなことはしなかった。

今日は夜ということもあり、用意されていたのはリラックス効果のあるハーブティーだ。

きっとよく眠れるだろう。

やはりアスターは気遣いのできる優しいオカンである。

カップにハーブティーを注ぎながらアスターは問いかける。

「まだやるのか？」

「もちろん！」

「いっそ諦めてシオンの妃を受け入れたらどうだ？」

「オカンまでそんなこと言うのぉ⁉」

クルミは、うわーんっとテーブルの上に顔を伏せて嘆《なげ》く。

唯一《ゆいいつ》の味方と思っていた者からの裏切りに等しい言葉だ。

アスターは嘆くクルミの前にカップを置き、そして自分の分も淹れると向かいに座った。

「えーと、妃はいいぞー。なんたってこの帝国で二番目に偉いんだ。シオンの妃なんだからな。まあ、正妃になるかどうかで変わってくるが」

「私、その正妃とか側妃《そくひ》とかの制度は許せないタイプなんだけど。一夫一婦制で育ったから」

帝国でも、庶民は一夫一婦制だが、貴族や皇帝は複数の妻を持つことができる。絶対ではないが、跡継ぎを絶やさないために正妃以外に側妃をもうけることが多い。

一夫一婦制で育ったクルミには理解しがたい制度だった。

「シオンはクルミには優しいし他の女を妃に迎える心配はないんじゃないか？」

「優しい？　あれで？」

「うーん……」

うろんげに見れば、アスターは唸って視線をそらした。

しかし、慌ててフォローを始める。

「そう、あれはクルミを気に入ってるからこその愛情の裏返しだ、うん」

「玩具が気に入っただけでは？」

クルミから見れば、シオンのあれは新しい玩具が手に入って喜ぶ子供のようだ。

「まあ、そう見えるが……」

「そうにしか見えないんですけど」

クルミはカップに視線を落とし、一口飲んだ。

ハーブの香りがささくれ立ったクルミの気持ちを若干落ち着かせてくれる。

一息吐いて視線をアスターに戻すと、アスターは予想外に真剣な表情でクルミを見ていた。

「これは冗談抜きで聞くが、本当に妃になる気はないか？」

「だから、私はヤダカインに……」

「その後でもいい！　いや、いつかちゃんと連れて行ってやるから」

「……どうしてそんな必死なの？　私以外にもっと相応《ふさわ》しい人がいるでしょう。相手は皇帝様なんだから」

皇帝ともなれば高貴な貴族の令嬢が列をなして待っているだろうに。

「そうだな。だが、クルミは知らないだけだ。あんなふうに……クルミのようにシオンと接することができる相手はほとんどいない。クルミといるシオンは本当に楽しそうだ。心から笑ってる。そんな相手は貴重なんだよ。あいつは生まれた時から愛し子だから……」

「どういうこと？」

「あいつは愛し子だ。生まれた時から世界に祝福された、皇帝なんかよりよほど至高な存在だ。誰もがシオンの機嫌を窺い、勘気《かんき》に触れないよう慎重に接する。シオンが普通を望んでも、周囲はそれを許さない。強要したわけじゃない。けれど、シオンは察しのいい子供だったからな……自分から愛し子という役を演じきってる。それはさらにシオンを孤独にした」

そう言うアスターの顔はどこか悲しげだった。

「あいつには、クルミのように普通に接してくれる存在が必要だ」

「私が普通なのはヴァイトっていう破天荒《はてんこう》な愛し子と関わりがあったからで……」

「初代の竜王か」

「うん……。その免疫《めんえき》があるだけで、前世なんて覚えてなかったら普通の人と同じように彼を畏怖してたわ」

「そうかもしれない。だが、何が理由だろうと、クルミといる時のシオンはただの男に見えるよ。愛し子じゃない年相応の普通の一人の人間に……」

クルミは何も言うことができず、カップに残ったハーブティーを無言で飲んだ。

アスターが出て行くと、クルミはベッドに寝転がった。

すると、隣にナズナが飛んでくる。

「なんや愛し子ってのも大変なんやな」

ナズナはクルミの心の内をよく理解していた。

今何を思っているのかを。

「ヴァイトはあまりそういうの気にしてなかったからなぁ。でも、確かに愛し子は孤独よね。個人の意思一つで国一つ滅ぼすことができるんだもの。周囲は過剰に優しくなるか恐怖するか、想像はできるわね。対等な関係を築くのは難しいかもしれない」

しかも、シオンは愛し子であると共に皇帝でもある。周囲の気の使い方は異常なほどだったろう。

いや、平然と怒鳴りつけているアスターやクルミの態度こそがこの国では異常かもしれない。

だからあんなに性格がひねくれたのか。などと、シオンに聞かれたらほっぺをつねられそうなことを考えていた。

「同情してしまったんちゃうか？　ここにいはったらどうでっか？」

「まさか！」

シオンの楽しそうに笑う顔が一瞬頭を過ったが、クルミの目的は変わらない。

むしろ、これ以上情を持つ前に去るべきだ。お互いのために……。

第16話　リラ

この世界にはたくさんの精霊がいる。

精霊は世界の管理をしている。

人如《ごと》きではとても手が届かない強い力と影響力を持っている。

それこそ国一つなど一瞬でどうにでもしてしまえるほどに。

そんな精霊に生まれながらに好かれる魔力を持つ者が時折生まれる。

それが愛し子であり、その存在が見つかると大抵は国が保護し、危険のないよう大事に扱われる。

それは愛し子を守るためであると同時に周囲に被害を出さないためだ。

精霊は愛し子をとても大事にしており、愛し子の感情に左右されやすい。

そんな愛し子を巡って国同士が争うことも過去にはあった。

そんな争いに巻き込まれ傷付いた愛し子により精霊が怒り、世界から消え去った国は一つや二つではない。

最悪な事態を起こさないためにも保護は最優先事項なのだ。

そしてそんな精霊には位がある。

下位、中位、上位、そして最も位の高い最高位の精霊。

最高位は十二の精霊しか存在せず、その姿を目にすることは滅多にない。

シオンの周りにいる小人のような精霊達は下位の精霊だ。精霊の中では力も弱く性格も子供っぽい故、行動も愛し子であるシオンに左右されやすい。

そんな最も弱い精霊ですら、集まれば国をどうにかしてしまえる力を持っているのだから、いかに精霊が世界を牛耳《ぎゅうじ》っているか分かるというものだ。

そんな中で最高位というその精霊達は他の精霊より強い自我と理性、そして強い力を持っている。

基本的に下位の精霊は自分より上位の精霊には逆らわない。

愛し子と上位の精霊との命令が同時にあった場合、優先するのは上位の精霊の命令だ。

いかに愛し子と言えど、精霊を越えることはできないのだ。

つまり、最高位の精霊の協力を取り付ければ、シオンの願いによりクルミを監視している精霊達を退けることができる！

「完璧な計画だわ」

クルミは自分の計画を信じて、シオンに負けない悪い顔をして笑っている。

「そんなうまいこといきますかいな？」

「いかせるのよ」

いつも以上に気合いの入ったクルミは、早速空間の中に入った。

「リディアー！　いる～？」

少しその場で待ったが、シーンとした沈黙が落ちる。

「おーい。いないのー？」

その後も何度か呼び掛けたがリディアが姿を見せる様子はなかった。

リディアは十二いる最高位精霊の一人。

なので、リディアに協力を願おうとやって来たのだ。

しかし、姿を見せないのでは頼みようがない。

「どうするんでっか?」

「うーん、仕方ない。出直すか」

この空間の中は、生き物が長くいると精神に悪影響を及ぼす。へたをすると精神を病《や》む。

ここで待ちたい気持ちはやまやまだが、空間の影響を受けたくはない。

ヴァイトのようにリディアと契約していたのなら長居もできたが、今リディアは竜王国の愛し子と契約をしているらしいので仕方がない。

精霊とは縁が薄いクルミは元々期待していなかったのでそこは問題ない。

祝福をくれただけで御《おん》の字だ。

気になるのは、前世で色々と作った少々問題ありな魔法具がヴァイトからその愛し子に渡ったかと思うと、怖いようなどんな反応をするか見てみたいような複雑な気分だった。

なんにせよ、リディアと話せないのなら出直すしかないと、肩を落としてクルミは空間を後にした。

部屋に戻ってゴロゴロしていると、ノックもなく扉が開いて奴が入ってきた。

一応皇帝のお妃としてこの宮殿にいるクルミの部屋に了解もなくズカズカ入ってこられる無礼者

は一人だけだ。

「やあ、クルミ。脱走計画は順調にできているかい？」

「出たな、魔王め」

「いやだな、愛する旦那様に向かって魔王はないだろう」

「誰が旦那だ！　しかも愛するなんて一言も言ったことないし」

「そうなる運命だから問題ないよ」

「そんな運命、ノーサンキューです。どこぞの令嬢に熨斗《のし》付けてくれてやるわ」

クスクスと笑うシオンは、打てば響くようなクルミの反応を楽しんでわざと怒らせているかのようだ。

妃だなんだと言いつつ、シオンがクルミに対して手を出してきたり、そういう男女の空気を出したことがないのが証明だ。

シオンにとっては、楽しい玩具かペットの延長線上なのではないかとクルミは思っている。

「皇帝様がこんな真っ昼間にサボっていていいの？」

「妃のご機嫌伺《うかが》いは十分皇帝に必要な仕事だよ」

最初はほとんどの時間を執務室で過ごしていたシオンだが、ここ最近は仕事をしている姿より、クルミをからかいにクルミの部屋に居座ることの方が多くなった。

これでこの国は大丈夫なのかと、部外者のクルミが思わず心配してしまうほどだ。

けれど、それを誰かが咎めることはなかった。

まあ、愛し子でもあるシオンに物申す勇者はそういないだろうが、普段は口を酸っぱく叱り付けるアスターすら何も言わないのがクルミは気になる。

今も、後から部屋に入ってきたアスターは咎めることはなく、ティーセットを持ってお茶の準備を始めてしまった。

本当は女官がする仕事なのだが、このメンツだといつも女官を部屋に入れずアスターが全てをしてしまう。

まあ、自分から率先してするだけあって、アスターの淹れるお茶は絶品なのでクルミも文句はない。

「本当に仕事いいの？」

「ああ、問題ない。むしろ今までが忙しすぎただけだからね。本来愛し子が政治に関わるのはよくないんだ」

クルミは意味が分からず首を傾げた。

「でも、皇帝でしょう？」

「なし崩し的にね。クルミは数千年のブランクがあるから、今の世界や帝国のことは知らないか。随分昔にね、帝国、竜王国、霊王国、獣王国の同盟している四カ国での話し合いで、愛し子を政治には関わらせないようにと決め事をしたんだ。愛し子が政治に絡《から》むと誰も反対意見を出すことができなくなって、独裁になって国を荒らしてしまいかねないからってね」

「でも、あなたは愛し子なのに皇帝じゃない。政治にも関わりまくってる」

まあ、国民からの支持を聞く限りでは、シオンの治世は荒れていないことがすぐ分かる。

そう言うと、シオンはこの帝国の歴史を話し始めた。

「そう、本来あってはならないことだ。けれど仕方がなかった。皇帝の椅子に座ることのできる者が僕しか残らなかったから」

「どういうこと？」

「少し前に先代の皇帝が亡くなった。それにより始まったのが、血で血を洗う兄弟達の後継者争いだ。愛し子である僕は関係がなかった。だから高みの見物を決め込んでいたら、兄弟同士が相打ちして、六人いた兄達は全員死亡。後を継ぐ者がいなくなったんだよね」

「でも、近い親戚《しんせき》とかいなかったの？」

「そいつらも兄弟の誰かの派閥に入っていて、同じように死ぬか、家が支持する皇子を皇帝にするために表には出せないやましいことを行ってた。そんなやつを上には立たせられなくてね。で、結果継承できる血の濃い者が僕しかいなくなって継ぐ羽目《はめ》になったってわけさ。でも、まあ、次の皇帝が生まれるまでの中継ぎだ」

「うへぇ」

シオンは軽い調子で話しているが、けっこう凄いことを言っている。

「ただ、四カ国の間での取り決めがあるから、しばらくは僕が皇帝として国を継ぐけれど、できるだけ政治は民主制を重んじて、あまり口を出さず臣下に任せるつもりだ。けれど、任せすぎて誰か個人の力が強くなると困るからその辺りの調整が大変なんだよね」

「じゃあ、最近暇そうに人の部屋に来てるのは？」

「その内乱での後片付けがだいぶ処理できたからね。後は臣下に任せて、僕は臣下が変なことをしないように監視して、たまに口出すぐらいだ」

「ふーん、そういうこと」

いつもニコニコ笑って人をからかっているが、何気《なにげ》に重い過去を持っていたのかと、クルミは少しシオンを見る目が変わった。

「すべきことはあらかた片付いた。だからサボっていても文句を言われないのさ。まあ、あえて言うなら……僕が後すべきことは後継者を作ることだけ」

クルミに近付いてきたシオンは、ベッドに腰掛けていたクルミの肩をトンと押した。

ベッドの上に倒れることになったクルミが文句を言う前に、シオンがその上から覆い被さってくる。

「クルミが生んでくれるかい？　次の皇帝を」

色気をぶわりと発してクルミの頬を撫でるその手は怪しげで、ぞくりとした。

「ふぎゃあぁぁぁ！　オカーン!!」

クルミは覆い被さるシオンを突き飛ばして、アスターに助けを求めて飛び付いた。

すると、「あははははっ」と、それは愉快そうにシオンが声を上げて笑った。

未だかつてないほどツボにはまったのかなかなか笑いが収まらないようで、苦しそうにお腹を押さえている。

そんな様子を、クルミはアスターの背に隠れながら据わった目で見ていた。

「くっ……そのまま笑い死にしてしまえ、このいじめっ子めぇ」

「シオン、程々にしとかないと嫌われるぞー」

「それは困ったな。けど、クルミの反応が予想通りで……あははっ」

笑い声はまだ止まらない。シオンの予想通りの反応をしてしまったクルミは悔しくて歯をぎりぎりさせる。

「絶対にここから逃げてやるんだから！」

「はいはい。できるといいね」

「くぅ……」


「早く出て行かないと、おちょくられたままで一生が終わっちゃうわ」

「なんや、ええ方法ないかいなぁ」

あの後、もう一度空間に入ってリディアを呼んだが出て来なかった。

何か出て来られない事情か用事でもあるのだろう。

契約者でもないクルミが文句を言えた立場ではないが、タイミングが悪すぎた。

「どうしたものか……」

あれやこれやと考えながら外をぼんやりと見ている。

外は庭園になっていて、帝国の国の紋章にもなっている、薔薇によく似たセリオーズという名前の花が咲き乱れていた。

庭師によって丁寧《ていねい》に手入れのされた芝生が敷かれた庭園は、思わず寝っ転がって日なたぼっこをしたい衝動に駆られる。

そんな芝生に、一本の花がぴょこんと飛び出ていた。

庭師に毎日手入れをされているはずなのに、庭師が見逃したのだろうか。

雑草のようなその花は右に左にぴょんぴょん動いている。

風はあるが、あそこまで激しく揺れるほどではない。

それに、あの花にはもの凄く見覚えがあった。

「まさか……いや、まさかね。……けど、予想通りだったら」

クルミは勢い良く立ち上がり部屋を飛び出した。

「えっ、主はん⁉」

慌ててナズナも後を追う。

庭園に下りてきたクルミは先程の花を探し回る。

「たしかこの辺りに……いた！」

そこには、部屋から見えていたように緑の草とともに花が飛び出していた。

クルミはその花を根本の葉ごと握り締める。そして、一気に引き抜いた。

ズルリと出てきたのは普通の根ではなく、人型の何か。

それは引き抜かれ太陽を浴びた瞬間、悲鳴を上げた。

「ヒィィィィ!!」

あまりのうるささに、クルミはそれを落っことし、空いた手で耳を塞いだ。

「うるさーい」

「なんでっか、それ！」

超音波のような声は耳の奥を直撃し、キーンと耳鳴りを残した。

使い魔であるナズナはなんともないが、クルミはくらりとした。しかし、そんなダメージよりも、
それが予想通りのものだったことへの嬉しさが上回った。

「リラ！」

落としたそれを手に乗せてクルミがそう呼ぶと、それはキョトンとした顔をする。

「あー、誰かと思えば。お久しぶりです、賢者さん」

「やっぱりあなたリラね」

「はい、リラですよ」

マンドラゴラの姿をして、花の最高位精霊のリラは特に感激するでもなくぺこりと挨拶した。

花の精霊リラは、十二の最高位精霊の一人。

そして、ヴァイトと契約していて前世ではクルミと親交があった顔馴染みである。

「本当に帰ってきてたんですね。リディアから聞いた時は信じられなかったです」

「まあ、それは同感だけど、こんな所にリラがいる方が信じられないわよ」

「より良い土を求めてたらここに辿り着きました。……話がないならもう埋まっていいですか？」

「ちょっと待った！」

先程開いた穴に再び埋まろうとしているリラを掴む。

「協力してほしいの。どうしてもあなたの力が必要なのよ」

「ごめんなさい。私はそれより土に埋まっていたいです」

このリラは究極の恥ずかしがり屋で、いつも土に埋まっていたがるのだ。

「協力してくれないと、このまま宮殿内を練り歩いて皆に見せて回るわよ」

「ヒィィ、そんなの恥ずかしいぃぃぃぃ！」

「だったら協力してくれるわよね？」

精霊を脅《おど》すなど、精霊信仰の信者に見られたら無礼者！　と、無礼打ちされそうなものだが、今のクルミは手段を選んでいる場合じゃない。

使えるものはなんでも使う。

「協力すれば埋まっていいですか？」

「うんうん」

「分かりました」

グッとクルミは拳を握った。

「ほほほほ、ようやくツキが巡ってきたわよ！　打倒魔王！　目に物見せてくれるわ」

「ほんまにうまくいくんかいな？」

高笑いするクルミを見ていたナズナは不安そうにそう呟いた。

第17話　脱出成功からの

執務室にて書類を捌いていたシオンは、一旦ペンを置いて伸びをした。

肩をグルグルと回して、一息吐く。何年にも及んだ内戦による後始末はほとんど終わり、後はできるだけ口出ししない方針ではあるが、皇帝である以上しなければならない仕事がまったくないわけではないのだ。

今問題となっているのは、先代の皇帝の時代から蔓延《はびこ》っていた奴隷商人の摘発。

帝都の隣の港町でうまいこと言って人を騙して攫《さら》い、そのまま船に乗せて連れ去ってしまうのだ。

帝国では奴隷の売買はご法度《はっと》だが、未だ奴隷が公認されている国は少なくない。

そういう国へ売られていくのだろうが、国外に出られてしまったらさすがの帝国でも足取りを追うのは容易ではない。

港町は他国との貿易の拠点ともなっており、国外へも逃げやすいので早くなんとかしないと被害が増え続ける一方だ。

まあ、その件ももうすぐ終わる。シオンの机の上に置かれた報告書にその詳細と今後の計画が書かれていた。

シオンの疲れを感じたアスターがすぐに動いた。

「茶でも持ってくるか？」

「お願いするよ」

すぐに用意に取りかかったアスター。

クルミはいつもアスターがお茶を淹れるのを、趣味だとか女官にさせると気を使うからとかという言葉を信じているようだが、それは本当の理由ではない。

まだ後継者争いが盛んだった頃、兄弟達は愛し子であるシオンの支持を欲しがった。

愛し子からの後押しがあれば皇帝の椅子が近付くと思ったのだろう。

けれど、どの兄弟の派閥もそれを望むと同時に危惧《きぐ》もしていた。

他の兄弟の支持に回られたら厄介だと。

その結果、あろうことか派閥の貴族達はシオンの暗殺を考えたのだ。

暗殺者を送るのは無意味。なにせ常にシオンの側には精霊が付いているから。

そうして考えたのが、毒殺。

最初は食事だった。

けれど、食事には必ず毒味役が付いていたので、毒味役の尊い犠牲で事なきを得た。

毒を入れた者も指示した者もすぐに精霊の制裁が与えられたが、それでは終わらなかった。

シオン付きの女官の家族を人質に、その女官を脅してお茶に毒を混入させたのだ。

まあ、精霊が付いていながら気付かずに飲むことなどありえないのだが、幼い頃より付いていた女官であったため、シオンのショックは大きく、お茶すら気楽に飲むことができなくなった。

それからだ。アスターが女官に任せず自分でお茶を淹れるようになったのは。

最も信頼する友であり、命を預ける護衛であり、兄のような存在。

アスターの淹れるお茶だけは、シオンは毒の心配をせずに飲むことができた。

アスターもシオンからの信頼を分かっていて淹れるのだ。せめてお茶の時間だけでも心穏やかな時間が取れるようにと。

アスターのその気遣いがシオンは心から嬉しかった。

アスターがお茶を淹れる理由がまさか毒殺の心配をしているからなどとは、クルミは思いもしないだろう。

そんなことを思いながらクルミのことを思っていると、無性に会いたくなった。

「クルミは部屋かい？」

「ああ。でもさっきは庭に出てたって報告があったな」

「まあ、クルミも気分転換がしたいだろうしね」

「あんまり虐《いじ》めてやるなよ」

「もちろんさ。十分大事にしているだろう？」

シオンの本当の冷酷さを知るアスターは、苦笑を浮かべるに留めた。

何も言わない。それこそが答えだった。

リラという心強い味方を手に入れたクルミは、早速その日に行動へ移した。

『また逃げたー』

『捕まえろー』

『わーい』

部屋から抜け出すや、どこからともなくわらわらと集まってくる魔王の手先……いや、精霊達がクルミを追い掛けてくる。

いつもはここですぐに捕まってしまうが、今日のクルミはいつもとは違う。

最強の切り札があるのだ！

飛んでくる精霊達に、片手で持てるほどの植木鉢をズイッと見せると、精霊達はキョトンとして首を傾げる。

すると、植木鉢の土からズポッとリラが顔を出した。

『あー、リラ様だー』

『また埋まってたー』

ワイワイ騒ぐ精霊達に、リラは「恥ずかしいぃぃぃ」と顔を背《そむ》けてしまった。

最高位精霊がこれでいいのかというツッコミは飲み込んで、リラに促《うなが》す。

「リラってば、恥ずかしがってる場合じゃないでしょ。ほら奴らに頼んで」

「はいぃ。み、皆、賢者さんを追いかけるのは駄目です」

『えー、でもシオンが見張ってろって』

『逃げたら捕まえろってぇー』

「その願いは一旦白紙に戻します」

リラがそう命じると、揃って『はーい』と元気のいい返事をした。

愛し子の願いよりも最高位精霊のリラの命令の方が強いのだ。

これで追ってこないとほっとしたが、まだ忘れていることがある。

「リラ、私が逃げたことも伝えないようにお願いしてくれる？」

「はい。皆、そういうことなので、愛し子に告げ口は駄目ですよ」

『はーい』

『でも、シオン怒らないかな？』

『怒るよね』

『魔王が降臨するね』

精霊達は不穏な言葉を発しながらコロコロ笑っているが、クルミは笑うに笑えない。

「見つかる前にとっとと帝都を出た方が良さそうね」

「わいも同感や」

「じゃ、じゃあ、リラ、もしどこかで会ったらゆっくり話しましょう」

鉢植えのリラを宮殿の森の中に埋めて、別れを告げる。

「はい、賢者さん。お達者で～」

短い腕を振るリラに背を向けてクルミは走り出した。

後ろから精霊が追いかけてくる様子はない。

「んふふふ。やっとあの魔王を出し抜いたわよ」

「まだ気を抜くのは早いで」

「そうね、なんせ魔王だし……」

出し抜いたと思った瞬間、「やあ、遅かったね」と天使のような悪魔の笑顔で出てきてもクルミは驚かないだろう。

せめて気を抜くのは国外に出てからだと思ってから、クルミは悔しげに顔を歪める。

「くぅ、せっかく帝都に来たのに観光なんてしてる場合じゃなくなったわね。観光したかったのにぃぃ」

「捕まってもええならしたらどうでっか？」

「いいわけないでしょ。このまま帝都の隣の港町に行って、そこから竜王国に行くわ」

「船に乗ってしまったらさすがのあの人も追いかけては来られんやろしな」

「そう思いたいけどね……」

一抹《いちまつ》の不安を感じながら、クルミは観光できぬことに後ろ髪を引かれる思いで帝都を脱出。空が薄明るくなってきた頃には帝都の隣町に到着した。

けれど、ここで安心して止まってはいられない。

もう少しすればクルミを起こしに来て、クルミがいないことに気付かれるだろう。

そうすればシオンにすぐに話がいく。

精霊が自分の願いに背いたことにシオンはどんな顔をするだろうか。その顔が見られないことは少し惜しい気がした。

だが、それ以上に、クルミが逃げたことに怒り、目の笑っていない笑顔を浮かべたシオンを見る方が恐ろしい。

想像しただけで、背筋がぞくりとする。

「早いところ竜王国に向かう船を探しましょう」

「そやな」

魔王が追ってくる前に。

そう思って港へと足を進める。

海があるだけあってすでに朝市が開かれ、たくさんの魚が水揚げされていた。

市場の人に竜王国へ向かう船のことを聞くと、様々な国へ向かう定期船が泊まる場所を教えられた。

そこには、客船がいくつも停泊していて思わず口を開けて感心してしまう。

「すごーい」

「ってか、この中から竜王国に行く船を探すんでっか？」

「片っ端から聞いてくしかないでしょ」

基本的に、船に乗るには船との直接交渉が主流らしいと市場の人に聞いた。

その辺りでは、分かりやすくどこ行きという木札を持った人が船の前で呼び掛けている。

だが、なかなか竜王国行きの船が見つけられずにうろうろしていると、後ろから声を掛けられた。

「嬢ちゃん何か探してるのか？」

肩を叩かれて振り返ると、まさに船乗りという様子の厳《いか》つい男性が二人立っていた。

これまでの経験から少し警戒しながら話をする。

「ええ。竜王国に行きたいのよ。今すぐに。できるだけ早く」

そういうと、二人の男性は目を見合わせて口角を上げた。

「だったらうちの船に乗りな」

「おじさん達の船？」

「ああ、あれだ」

男性が指差したのは、並ぶ船の中では一番大きく綺麗で、そこに乗り込もうとしている人も身なりが整っている人が多かった。

「豪華だろ？　うちはそれなりに地位のある方達も乗る船でな。ここいらじゃ一番信用できる船だぜ。嬢ちゃんは見たところ一人だろ？　女の一人旅ならちゃんとした船を選んで乗らないと危ないぜ」

「その点、俺らの船は信用第一でやってきたからな。安心して乗っていいぜ」

「そんな客船じゃあ、お高いんでしょ？」

「嬢ちゃん魔法は使えるか？」

「え、ええ」

「それなら話は早い。ちょっと魔法使える奴に欠員が出て人手が足りないんだよ。船内の手伝いをしてくれるなら安くしてやるぜ」

「っていうか、頼むよ。俺達も人手を探してこいって船長に言われて放り出されて、魔法使える奴が見つかったなら俺らもどやされず戻れるんだ。もちろん力仕事はさせねぇよ。それは俺達の仕事だからな」

「………」

提示された金額はクルミでも払える金額だ。

いい話だ。だが、いい話すぎる……。

また騙されたりしたら……。

この男性達を信用できるのか、クルミには判断できない。

「少し考えてもいいですか？」

「ああ、いいぜ。俺らはあの船のところへんにいるから、気が変わったら声を掛けてくれ」

クルミはすぐに市場に戻った。

そして、そこで情報収集をする。もちろん、先程の船に関してだ。

それによると、ここらでも大きな豪華客船らしく、よくお金持ちの人達が利用しているようだ。

特に怪しいところはなかった。

時間も押している。これ以上時間をかければ見つかる可能性もある。

なんせ、シオンはクルミがヤダカインに行きたがっていることを知っている。

そしてヤダカインに行くためには船でまず竜王国に行く必要があるので、クルミがこの港町にいる可能性が高いことは容易に想像できるだろう。

迷っている暇はない。

クルミは意を決して港に戻り、先程の厳つい男性に声を掛けた。

「あの……」

「おっ、さっきの嬢ちゃん。どうした、乗る気になったか？」

「はい。お願いします」

「ははは、歓迎するぜ。じゃあ、早速船に乗るか」

「この船はいつ出発するんですか？」

「そうだな、あと少ししたらだ」

「できるだけ早く出発したいのでお願いします」

「おー、分かった、分かった。まずは船内を案内するぜ」

言われるままに船内に入ったクルミは、豪華な内装を見ている余裕はなく、早く早くと気ばかりが急《せ》く。

客室ではなく、椅子だけが置かれた簡素な部屋に連れて来られたクルミは、「ここで待っててくれ」と言われそのまま待つ。

しばらくすると、部屋に三角帽子を被った年配の男性が入ってきた。

衣服も貴族のように整った服を着ていて、見ただけでクルミをここまで連れて来た男性より立場が上の者だと分かる。

「これがそうか？」

「へい。どうやら魔法も使えるようです」

「なるほど……」

三角帽子の男性はクルミを上から下へと舐めるように見つめてくる。その嫌な感じがクルミの第六感を刺激する。

「ふむ、いいだろう。見目《みめ》もそう悪くない。魔法が使えるというならあれを」

「へい」

クルミをここまで連れて来た男性が部屋にあった木箱から何かを取り出す。

まるで手枷《てかせ》のようなそれを見たクルミの顔が引き攣る。

「ヤバいんちゃうん。ヤバいんちゃうんっ？」

ナズナが焦ったようにしきりに耳元で囁く。

「わ、私やっぱり違う船にします！　急用を思い出したので」

と、部屋を出ようとしたが、そう簡単に帰してくれるはずもなく、三角帽子の男性が扉を遮るように立ち、そして厳つい男性に強引に腕を掴まれて手枷をはめられてしまった。

途端に感じる、ナズナとの魔力の繋がりが切れたような感覚。

クルミもナズナも目を丸くした。

「えっ……?」

「どうだ、魔法は使えないだろう?」

元々魔法を使おうとはしていなかったクルミは不思議に思ったが、続く言葉にナズナとの魔力の繋がりが切れた理由を知る。

「それは魔封じの枷だ。魔力を封じ魔法を使えなくする」

唖然とするクルミの顔に満足そうにし、三角帽子の男性はもう一人の男性に「地下に入れておけ」と命じると部屋を出て行った。

クルミは男性に手枷から繋がる鎖を引っ張られ無理やり引きずられて部屋を出た。

相手は筋肉ムキムキの厳つい男性だ。女性のクルミに勝てるはずがない。

しかも、魔封じのせいで肉体強化の魔法が使えないのだ。

ナズナはオロオロしながらも、ただの鳥を装って大人しくクルミの肩に止まっている。

そんなナズナにクルミは声を潜めて話しかけた。

「ナズナ、絶対に魔法具を発動させちゃ駄目よ。今は私との魔力の繋がりが絶たれてるから、ナズナの媒体となってる魔石の魔力がなくなったら石に戻ることになるわ」

魔封じによりクルミからの魔力の供給が絶たれている状態で、魔法具を使えば、魔法具はナズナの元となっている魔石の魔力を消費して魔法を発動させることになる。

ただでさえ、使い魔であるナズナはその姿を維持するのにクルミの魔力が必要なのに、魔法具を使うことで、保有している魔力を消費してしまえばあっという間にナズナは形を保てなくなって石に戻る。

「わい、むっちゃヤバいやんか」

「だから、大人しくしてなさい。できるだけ話すのも動くのも駄目よ。それだけでも魔力を消費するんだから」

そう言うとナズナはピタリと口も動きも止めた。

それからクルミは引きずられたまま、船の下へと連れて行かれ、地下のとある部屋に来た。

暗い室内。なかなか中に入ろうとしないクルミを男性は突き飛ばし、クルミはしたたかに体を床に打ち付けた。

「痛っ！」

「ここで大人しくしてな」

「ちょっと、どういうことなのよ！　なんのつもり⁉」

扉が閉められて鍵がかけられた音がした。

その扉の向こうで男性が話す。

「お前は売られるんだよ。これから他国でな」

下品に大笑いした後、笑い声が遠ざかっていった。

そして、クルミはその場に崩れ落ちる。

「また騙されたぁぁぁぁ！」

何度目か分からない悔しさで、己が情けなくなってきた。

第18話 魔王降臨

「酷いぃ、あんまりだ！」

最近のクルミはと言うと、彼氏に浮気され、友人に彼氏を取られ、異世界に転移し、村人に売られそうになり、魔王に捕まり、そして再び騙されて売られようとしている。

こんな波瀾万丈な女子高生がいていいものか。

クルミが嘆いていると、そっと肩に誰かが触れた。

ビクッとしたクルミは思わず「誰⁉」と叫ぶ。

部屋の中には灯りが一つもなく、頼りは扉の小さな明かり窓からの光だけ。

部屋の大きさも、何があるのかも見えないが、しばらくすると目も段々慣れてくる。

そこには、二十人ほどの女性と子供の姿があった。

「大丈夫？」

そう声を掛けてくれたのは、まだ若い女性だ。

暗くて容姿や表情までは分からないが、弱々しい声をしている。

「あなた達は？」

「私も他の皆もあなたと同じく捕まったの。私は人手が足りなくて仕事ができる女を捜してるからどうだって。破格の金額だったし、この船は上流階級の人御用達《ごようたし》で信用もあったから信じてしまって、付いてきたらここに」

「私もよ」

「私も同じように連れてこられて……」

次々に女性が同意する。

「僕も。仕事をくれるって言うから付いてきたら、ここに閉じこめられたの」

そう言った男の子は、今にも泣き出しそうに嗚咽《おえつ》を我慢している。

それを、近くにいた女性が抱き締めてなだめている。

「まさか人身売買の組織だったなんて……」

「確かにこの町は随分前から人がいなくなるってことが頻発《ひんぱつ》してたのよ。だけどまさか、この船が関係してるなんて……」

「そう」

最初はシオンの魔の手がここまで……。などと思ったりもしたが、どうやら全く関係のない普通の犯罪に巻き込まれてしまったらしい。

随分前から人がいなくなっていたとは、いったいこれまでにどれだけの人達が売られたのか。

「何してるのよ、シオンは」

頭の中にシオンの顔が浮かぶ。この国の皇帝であるシオンの顔が。

こんな犯罪を取り締まるのはシオンの役目であろうに。

自分が遊ぶ前に仕事しろと、クルミは怒りを感じる。

「主はん、どうするんでっか?」

魔力の消費を抑えるため言葉少なにクルミに問い掛ける。

はっきり言うと、クルミだけならなんとかなる。

そう、クルミだけなら。

けれど……。

「私達このまま売られてしまうのかしら……」

「そんなの嫌よ!」

「お母さん、お父さん……」

絶望の色に染められているこの人達を置いていくことは後ろ髪を引かれる思いだ。

どうしたものか……。

「うー……見捨てるのは後味が悪いのよね」

これだけの人数を全員助けるとなると、かなりの危険を伴う。

だが、見捨てることはできない。

放っておけばこの人達は確実に国外に連れて行かれ売られてしまうだろう。

「……とりあえずこの魔封じをなんとかするか」

「できるんでっか?」

「私を誰だと思ってるのよ」

「けど、魔力使われへんのに」

するとクルミは不敵な笑みを浮かべ、ポケットに手を入れた。そこから取り出したのは手のひらに納まるほどの大きさの魔石だ。

「こんなこともあろうかと別で持ってたのよね」

空間は魔力がなければ開けられないので、ポケットに入れていて正解だった。

「どうやらこの魔封じも魔法具の一種。なら天才魔女様の得意分野よ」

部屋の中を探して、何か描けそうな物がないかと探すと、釘を発見した。

それを使い、木の床をガリガリと削るように魔法陣を描いていく。

他の人達は不思議そうにそれを見ている中、魔法陣を描き上げた。

この魔封じは常時魔力を吸収する作用を持っている。それは、前世で弟子が作った精霊殺しの魔法にも似ている。

強制的に魔力を吸収するのだ。なら、その吸収された魔力はどこへ行くのか。

この魔封じに蓄積されているのか放出されているのかまでは分からなかったが、その魔力の流れを変え手枷自体を攻撃するように書き換えればいい。

床に書いた魔法陣の上に魔石と両手を乗せ、魔石の魔力を流すと、床の魔法陣が淡い光を発して手枷へと伸びる。

ゆらめく光の中、手枷がバキリと音を立ててひび割れ、そこから真っ二つに壊れ落ちた。

「ふう……」

解放された手首を無意識にさすると同時に、ナズナとの魔力の繋がりが復活したのを感じた。

ナズナもそれを感じたのか、「よっしゃー」と喜んでいる。

「さてと、お次は……」

クルミは先程使った魔石が残っていたので、それで光を灯すと、ようやく部屋にいる人達の顔がはっきり見えるようになった。

彼女達にクルミは問い掛けた。「私はここから逃げるけど、あなた達はどうする？」と。

ここにいるのは若い女性と子供だけのようだ。

彼女達は困惑を隠せない様子で互いに顔を見合わせた。

「逃げるって言ったって……ねぇ……？」

「そんなの無理に決まってる」

「そうよ、すぐに捕まってしまうわ」

二の足を踏む彼女達の気持ちはよく分かる。

なにせ相手は先程のような厳つい男性なのだ。きっと他にも仲間はいるだろう。

そんな相手に対して、戦う術を持っているようには見えない女性と子供が太刀打《たちう》ちできるはずがない。怖いと思うのは普通の感情だ。

けれど、クルミはそんな気持ちなど切って捨てる。

「じゃあ、このままここにいるの？　ここにいたらさっきの男が言ってたように売られちゃうのに？」

「それは……」

「じゃあ、どうしろって言うのよ！」

逃げたい。けれど、逃げ出す力はない。

そんな葛藤《かっとう》に揺れる彼女達に、クルミはにっこりと微笑む。

「まあ、この私に任せなさい」

そう言うと、クルミは空間から紙とペンと魔石を取り出した。

そして鼻歌交じりに、まるで料理を楽しむかのように魔法陣を描いては魔石に刻み魔法具を作っていく。

それを女性達は呆気にとられたように見ているしかなかった。

「ふふーん。これで意識奪って、これでとどめを刺して……」

「なあなあ、主はん。少し前に作った、ちゅどーんってするやつもええんちゃう？」

「あら、いいわね。悪党に手加減なんて必要ないものね」

「そやそや、必要ないない」

ニヤリと、主と使い魔はあくどい笑みを浮かべた。

「あ、あの、何をしようとしてるの……？」

恐る恐るといった様子で一人の女性が声を掛けると、クルミは女性ににっこりと笑ってその手に指輪を載せた。

「これは？」

「身を守ってくれる魔法具よ」

「魔法具!?　あなたは魔法具士なんですか？」

「似たようなものかな。これを使って、皆で逃げましょう。大丈夫よ、私の作る魔法具の性能は確かだから」

　クルミは全員に指輪を渡していく。

　けれどそれでは終わらない。指輪はあくまでその人自身を守るためのものだ。守るだけでは逃げ出すことはできない。というか、クルミの腹の虫がおさまらない。

「徹底的に潰してやるわ。臭い足洗って待ってなさいよ、ふははは」

「主はん。悪党より悪党な顔してるでー」


　時は少し遡《さかのぼ》る。

　私室にて夢の中にいたシオンは、部屋をノックする音で目を覚ました。

「入って」

　ゆっくりと身を起こすと、焦りを隠しきれない顔で女官が入ってきた。

それはいつもクルミに付けていた女官の一人だ。

「クルミがどうかした？」

「そ、それが……」

言いづらそうにする女官は、突然その場に平伏《へいふく》し謝罪を口にした。

「申し訳ございません！　黒猫様がどこにもいらっしゃいません」

「どこにもいない？」

「はい。朝お部屋に起こしに参りましたらベッドはもぬけの殻で、ベッドの中は冷たく、かなり前からいらっしゃらなかったと思われます」

「庭に散歩にでも出てるんじゃないの？」

「扉の外に配置された兵士からは黒猫様は出てきていないと。ですが念のため庭や、他にも黒猫様がいらっしゃりそうな所を捜索したのですが見つけられず。現在皆でお捜ししているところです」

「おかしいな……」

クルミには常に精霊を付けていた。

さすがに部屋の中まで監視するのは可哀想だと窓の外に配置してあった。

扉は兵士が警備を兼ねて常に立っているので、クルミが出てくればすぐに分かる。

精霊にはクルミが部屋から逃げ出したらすぐに報告するようにとお願いしていた。

そう、お願いだ。

たとえ愛し子と言えど精霊に命令することはできない。

けれど、下位精霊ならば愛し子のお願いを何としても叶えてくれようとする。

今までシオンのお願いが叶わなかったことも、人間のように裏切るようなこともなかった。

そんな精霊からの報告は一切ない。

どういうことか分からないシオンはとりあえずクルミの部屋へ行くことにした。

シオンの部屋から目と鼻の先にある妃の部屋。

本当は正妃の部屋に入れたかったが、さすがにクルミからの了承もないうちは止めておけとアスターに言われたので仕方なく譲歩したのだ。

それでも、クルミの部屋は宮殿の中では正妃の部屋に次ぐ豪華な部屋である。

なのに、本人は不服そうであるのがシオンには理解できない。

衣食住全てにおいて最高級のものを取りそろえているというのに、クルミはヤダカインに行くことに固執している。

別にヤダカインに行きたいと言うなら連れて行ってあげるというのに、クルミがシオンに願うことと言ったら、ここから出ていくということだけだ。

嫌なのはシオンか、宮殿か、はたまたその両方かもしれないが、そんなに嫌なのかと少し不満であるものの、シオンがそれを表に出すことはない。

逃げ出そうと足掻くクルミを見ているのも楽しくて仕方がないのだ。

それをアスターに言うと、決まって「どうしてこんな性格悪く育ったのやら」と、まるで息子の反抗期に悩む母親のようなことを言い出す。

クルミはアスターのことをしきりにオカンと呼ぶが、あながち間違ってはいない。

クルミの部屋に行くと、女官の言った通りそこはもぬけの殻。

少しすると、報告を受けてやってきたアスターも姿を見せた。

「わー、マジでいない。とうとうやったか、クルミの奴」

「………………」

シオンが無言の圧力を放っている。

アスターは恐る恐る声を掛けた。

「あ、えーと、シオン？」

「ねぇ、アスター。おかしいと思わないかい？」

「な、なにが？」

「僕は精霊にお願いしてたんだ。クルミを見張るようにと。それなのに……」

スッと視線を向けたそこには、窓の外からこちらを窺う精霊達がいた。

シオンは窓を開けて精霊を室内に入れた。

「どうしてクルミがいなくなったことを報告しなかったのかな？」

笑みを浮かべつつも隠しきれないシオンの怒りにも、精霊達は怯えることはなく通常運転だ。

『だってぇ、リラ様が話しちゃダメって』

『そうなの～。リラ様がクルミを捕まえちゃダメって言ったの～』

『シオンにも内緒だってー』

「リラ様？」

「誰だ？」

シオンもアスターも聞いたことのない名前に疑問符を浮かべる。

『リラ様はリラ様なの～』

『花の最高位精霊様なの～』

『凄い方なの～』

「最高位精霊……」

アスターは最高位精霊と聞いて絶句している。

それも当然である。最高位精霊が人の前に姿を現すことはほとんどない。

竜王国の愛し子は複数の最高位精霊と契約していると聞くが、普通は一生かかっても目にすることがない者がほとんどだ。

そんな伝説級の最高位精霊がクルミの味方に付いたということか。

それならばさすがの愛し子と言えど、最高位精霊相手では手も足も出ない。

「くっくっく」

突然笑い出したシオンに、アスターは何を笑っているのかと顔を見たが、見たことを後悔した。

「お馬鹿で可愛いクルミ。最高位精霊を出してきたぐらいで僕から逃げられると思っているのかな？」

その顔に浮かぶ笑顔は目が笑っておらず、放つ威圧感はまさに悪の帝王。

『わー、魔王だー』

『魔王が降臨したぞー』

『ひかえおろう』

きゃっきゃと笑っている精霊と静かに怒りをほとばしらせているシオンの光景はまさにカオス。

女官や兵士は気配を消して少し距離を取り、アスターは魔王に目を付けられた憐れな黒猫を思って静かに合掌《がっしょう》した。

それからのシオンの行動は早かった。

すぐに隣町の港を封鎖するように指示を出したのだ。

ヤダカインに行きたがっていたクルミ。

ヤダカインに行くためにはその港を経由しなければならないことを分かっていたからだ。

これで船はこの帝国から出ることはできない。

くしくも、この判断が他国に売られようとしているクルミの乗った船を港に繋ぎとめておくのに一役買ったことをシオンが知ったのは少ししてからだ。

その報告が入ってきたのは、港の封鎖を指示してから間もなくのこと。

「クルミが？」

「はい。もとより目を付けていた奴隷船に入っていくのを調査兵が目にしたと」

かねてより港町で問題となっていた事件。

先代皇帝の頃より港町で人知れず人が消える事案が度々発生していた。

その事件に対して調査を命じていたのだが、ようやくその尻尾《しっぽ》を掴むことができたのはつい最近のことだ。

港で人を騙して、船に乗せて国外に連れ去り奴隷として売る。

帝国では禁じられている奴隷の売買を行っていたのは、表向きは上流階級の者を顧客にした客船だった。

帝国貴族の中でもその船を御用達にしている者は少なくなく、それ故貴族との繋がりもあったために慎重な調査が行われていた。

けれど、ようやく証拠も集まり、そろそろ摘発をしようかとしていた矢先のことだった。

「ふーん、ならちょうどいいじゃないか。ついでに奴隷売買に関わっている奴らも捕まえてしまおう」

侍従に準備をするように指示を始めたシオンに、アスターが焦りを滲ませる。

「おいおい、まさかお前直々《じきじき》に行くつもりか？」

「当然じゃないか。僕の黒猫なんだから僕が迎えに行かないとね。アスターは摘発のための兵士の準備を頼むよ」

「……分かった。駄目だって言ったってお前は聞かねぇからな」

「さすがアスター。僕をよく分かってるじゃないか。皇帝としての命令だ。すぐに準備を」

苦虫《にがむし》をかみつぶしたような顔をした後、「御意《ぎょい》」と一礼してアスターは部屋を出て行った。

「まったく困った子だね、クルミは。僕をこんなに振りまわせるのは君ぐらいのものだ」

その顔に不敵な笑みを浮かべてから、シオンも準備に取りかかった。

大事な可愛い黒猫を迎えに行くために。

第19話　皇帝の黒猫

「よし、皆さん用意はいい？」

「本当に大丈夫かしら……」

「もしまた捕まったら……」

女性達の顔色は優れない。その空気に影響された子供達の顔も不安の色が現れている。泣かずにいるのが精一杯という感じだ。

「大丈夫よ。この天才魔女の作った魔法具を持ってるんだから」

全員の手には身を守るための結界《けっかい》を張る指輪がはめられており、女性だけでなく子供にも様々な形をした攻撃用の魔法具を渡している。

「私が先頭で行くから、あなた達は私が逃した奴らにそれを向ければいいから。大丈夫よ。ここの奴らに目にもの見せて皆で家に帰りましょう」

安心させるようにクルミが笑顔を浮かべれば、女性達が決意を固めたのが分かる。

ここから逃げ出す、という気持ちが見える。

震える手に魔法具を持ち、それでもその目には強い力が宿っていた。

これなら大丈夫かと、クルミも全身にたくさん着けた魔法具を確認して、すうっと息を吸ってゆっくり吐いた。

「よし！　ナズナ」

「はいな」

ナズナが足の魔法具を発動させて扉を吹っ飛ばした。

鍵をかけていたようだが、クルミが作った魔法具の前にはまったく意味をなさない。

そっと部屋の外を覗くも人の気配はなし。

それに、まだ船が出航した様子がないのは幸いだった。

さすがに海に出られたらこの船内全てを制圧して港に戻すように仕向けなければならないところだったが、まだ港にいるならここから出て、その足で兵士の詰め所に駆け込めばなんとかなる。

けれど、いつ出航するか分からないので急いで出なければならない。

「全員固まって行動してね。子供達は真ん中よ」

子供達を守るようにしながら地下のその部屋を全員で抜け出した。

引きずられてやって来た道を遡って歩いて行くと、上階へ上がる階段までやって来た。

幸い地下には人がいなかったが、上からは人の話し声が聞こえる。

クルミは振り返って女性達と目を合わせて頷く。

ナズナを先頭にクルミが続き、他の人達が少し距離をおいて後を追いかける。

そっと階段を上がる途中、ちょうど階段の前を横切ろうとしていた船員と目が合った。

船員は抜け出したクルミを見て驚いた顔をする。

「なっ、お前どうやって……」

それ以上言う前に、ナズナの首にある風の魔法具が発動し男を吹っ飛ばした。

「おい、どうした！　……ぐはっ」

続いて姿を見せた男に向かってクルミは走り出し、肉体強化した腕でアッパーをお見舞いするとのけぞるようにして後ろにぶっ倒れた。

白目を剥いた男を足蹴《あしげ》にして、階下にいる人達を手招きする。

「気をつけて、ナズナに付いていって」

「皆はん、こっちやで～」

先頭をナズナに任せ、女性と子供達の案内を任せる。

クルミは、騒ぎに駆け付けた乗組員に向かって丸い石を投げると、それは床にぶつかって割れた瞬間に強い閃光《せんこう》を発した。

「うわっ、目がっ！」

「見えねえ」

目が眩《くら》んでいる間に、クルミも後を追う。

さらに上に向かう階段の手前で、クルミは持っていた魔法陣を書いた紙を床に置き魔力を流して魔法を発動させる。

床から木の枝が勢い良く伸び、枝と枝が絡みつき人が通れないような壁を作り出した。

これで、背後から追い掛けてくることはないと安心して、クルミは先頭に向かって走る。

そこでは、その階にいた乗組員と戦闘になっており、ナズナが水の魔法具で船員を濡らした後、女性の一人が短剣を床に突き立てる。

すると濡れた水を伝って短剣に刻んだ雷の魔法が発動し、濡れた船員に電気ショックを与えた。

バタバタと倒れる船員を目にして、女性は倒せた喜びよりも恐怖が勝《まさ》ったのか「ヒッ」と怯えた声を出した。

一応死なないレベルに調整してあるので死ぬことはないだろう。……たぶん。

ちょっと心配だったので確認すれば、痺《しび》れて動けなくなっているだけのようだ。

「この勢いでドンドン行こう！」

自分達でも戦えると自信を付けたのか、女性達の震えはなくなっていた。

そこへ、クルミを騙してここへ連れて来た元凶《げんきょう》の男性が姿を見せた。

忘れるはずもないその顔を見た瞬間、クルミの怒りが頂点に達する。

「ここで会ったが百年目。この恨み晴らさでおくべきかぁぁぁ！」

クルミは腰に括《くく》り付けていた鞭《むち》を取り出し、男に向かって振り上げた。

厳つい男性はニヤニヤとした顔をしてクルミの鞭を掴もうとしたが、同時にクルミの別の魔法が発動する。

クルミの足下をよく見ると、靴に魔法陣が刻まれていた。

その魔法陣に魔力を流すと、男の足下から植物のツタがうにょうにょと伸びて男性の足と手をグルグル巻きにしてしまった。

不意をつかれた男性は目を見張り、クルミの怒りが籠もった渾身の鞭をその身に受けてしまう。

「いってぇ！」

「おほほほ、乙女を騙す悪党へのお仕置きよ。うりゃうりゃ」

べしっ、びしっ、と逃げるという目的を忘れて男性へ恨みを晴らす。

「ついでにくすぐり攻撃」

靴の魔法陣にさらに魔力を流してツタを操作し、男の体をくすぐると「ぎゃー止めてくれ！」と今日一番の悲鳴が木霊《こだま》した。

鞭とくすぐり攻撃でぐったりとした男に満足し、スッキリ爽快な笑顔で脱出組の輪に戻った。

ここを抜ければ甲板《かんぱん》に出る。そうすれば、脱出までもう少しと、全員の心に希望の光が宿る。

そうして、階段を駆け上がって甲板に出ると、そこには数え切れない、がたいの良い船員が集まっていて、クルミは逃げ道を塞がれてしまった。

「やばっ」

慌てて戻ろうとしたが後ろからドンドン押してくるので戻るに戻れず、結果、クルミ達は甲板で敵に囲まれることになってしまった。

先程まで後もう少しと喜びに満ちていた顔は絶望に変わり、怯えるように女性と子供達は身を寄せ合った。

そんな者達を守るようにクルミは前に立ちはだかる。

予想以上の敵の多さにクルミはどうしたものかと頭を働かせる。

「チッ、多いわね」

思わず舌打ちしてしまったクルミの耳に子供の泣き叫ぶ声が聞こえる。

慌てて後ろを向くと、子供がゴリマッチョな男性に捕まってしまっていた。

その手には剣が握られており、子供の首に突きつけられている。

「なんで、指輪を渡してたはずなのに……」

指輪の効果があれば危険を感じれば身を守ってくれるはずであった。だが、その子供の指にそれがないことに気付く。

「指輪はどうしたの⁉」

「さっき落としちゃったのよ！」

女性の一人がそう叫ぶ。

「なんてこと……」

クルミは分《ぶ》が悪くなったことを悟る。

「手間かけさせやがって、大人しく戻るんだな」

「卑怯者《ひきょうもの》」

子供を盾にされては、さすがのクルミも手が出せない。

「わいが、男を攻撃しましょか？」

「駄目よ、子供も巻き込むわ」

ナズナとクルミは、ぼそぼそと喋りながら何か良い案はないか視線を彷徨わせる。

その時。

ドーンと、大砲を撃つような音がした後、大きな鉄の玉が飛んできて帆を破壊してしまう。

バキバキと音を立てて帆を支えていた柱が倒れてきて、敵味方関係なく慌てて逃げる。

クルミはこの隙にと捕らわれた子供を見ると、なんということだろう……。

子供を捕らえていたゴリマッチョにたくさんの精霊が張り付いていた。

「な、なんだ、体が動かねぇ……」

「でしょうね」

ゴリマッチョには精霊が見えていない様子。

恐らく魔力がないのだろう。

なので、子泣きじじいのごとく張り付く精霊によって体が拘束《こうそく》されていることが分かっていないようだ。

ある意味見えていなくて良かったのかもしれない。

あんな大量の精霊に張り付かれたら夢に出る。

精霊によって手が緩んだのか、子供が隙をついてその手から逃れる。

女性の一人が子供を抱き上げて、クルミ達にほっとした空気が流れた。

そこまでは良かったのだが……。

「まったく、クルミは困った子だね」

この聞き覚えのある声。

途端にクルミの顔が引き攣る。

魔王が来るよ〜。魔王が来るよ〜。

お父さん、お父さん〜。

今クルミの頭の中ではシューベルトの代表曲が大音量で流れている。

「クルミ？　無視はいけないよ」

油を差し忘れたからくり人形のようにギギギと振り返ると、怖いほどに満面の笑みを浮かべたシオンが立っていた。

「シオン、なんでここに……」

「決まっているじゃないか。僕の可愛い黒猫が逃げ出したから迎えに来たのさ」

「ひぇ」

逃げ出そうとするクルミはすぐさまシオンに捕獲された。

そうこうしていると、甲板にはいつの間にかアスターを始めたとした帝国の兵士が雪崩《なだ》れ込んできており、次々に船員が捕まえられていく。

「わざわざ目を付けていた船に乗るなんて、本当にクルミは運が良いね」

「運が悪いの間違いでは……」

アスターと目が合ったので、助けを求める眼差しを向けたら視線をそらされた。

諦めろと言われているようで悲しい。

とりあえず、クルミは気になったことを聞いてみる。

「目を付けてたって、どういうこと?」

「この町では度々人が消えていてね。それを調査する過程でこの船が怪しいと目を付けていたんだよ。証拠が集まったから、現行犯で逮捕するために調査兵に見張らせていたらそこにのこのことやって来たのがクルミということさ。それで、すぐに私の所に報告があったんだよ」

「つまり、最初からシオンの手の内にあったってこと?」

「そういうこと」

「やっぱり、運が悪いじゃない。どこが良いのよー!」

「何言ってるんだい。調査兵がいなかったら今頃クルミは海の上。そのままどこぞの国へ売られていたかもしれないんだよ?」

「うぐっ」

確かに、少し……いや、かなりマズい状況であったので、シオンと兵士の存在は運が良かったと言えるのかもしれないが、クルミは意地でも言いたくなかった。

「さあ、帰ろうか」

「い～や～だ～」

ひょいっと抱き上げられてしまえば、クルミに抵抗の術はない。

いっそ、魔法でも叩き付けてやろうかと思ったが、すぐ側に精霊がいる。愛し子に怪我でもさせたらクルミの方がえらいことになる。

結局、何も反抗することもできず肩を落としながら連行されることになるのだった。

帰るための馬車に乗る寸前で足を止める。

「あっ、シオン、捕まってた人達だけど……」

「大丈夫だよ。ちゃんと兵士が責任持って家に返すから」

「それなら良かった」

正直、最初から捕まえるつもりだったのなら、クルミがしたことは無駄だったのかもしれない。

逆に危険な目にあわせてしまったかもしれないと後悔していた。

しかし、そんなクルミに声が届く。

「お姉ちゃーん。ありがとう！」

「ありがとうございます！」

クルミに向かって深々と頭を下げる女性達と、大きく手を振ってくる子供達に、クルミは笑顔で手を振り返した。

エピローグ

結局振り出しに戻り宮殿へと帰ってきてしまったクルミは、森に埋まっていたリラを無理やり掘り起こした。

「せっかくリラに手伝ってもらったのに失敗しちゃったわ」

「それはそれはご苦労様でした。……もう埋まっていいですか？」

相変わらず引きこもりっ子なリラはすぐに土に埋まろうとする。

前世でもリラを見つけるのは至難《しなん》の業だった。

契約していたヴァイトに対しても、最初は恥ずかしがってなかなか土から出て来なかったらしい。

精霊信仰のある人達に最高位精霊がこんなだと知られたらどう思うだろうか。

クルミは人間味があって好感が持てるが、幻滅《げんめつ》する人もいるのではなかろうか。

まあ、最高位精霊を見ること自体そう誰でもできることではない。

それは愛し子だとしてもだ。

「へえ、それが花の最高位精霊なんだ」

クルミとリラは揃ってビクッと体を震わせた。

声のした方を見るとシオンがこちらに歩いてくるところだった。

今日も今日とて天使の微笑みをした魔王は健在だ。

宮殿に戻ってきた後、どうやって逃げてどうやって船に乗り、どうやって逃げ出したか尋問にあい、それはもう姑《しゅうとめ》のようにネチネチと嫌味を言われた。

やれ、計画性がないだの、もっと頭を使えだの、自分が到着するのが遅れたら子供がどうなっていたかだの。

クルミにも自覚があることを指摘してくるので、耳が痛い。

でも、本心はそんなことを問題にしているのではなく、自分を出し抜いて宮殿から逃げおおせたことを不満に思っているだけだ。

「はじめまして、花の最高位精霊さん」

「ひぃぃぃぃぃ！　恥ずかしいぃぃぃぃ」

リラはダイブするように穴の中に頭を突っ込んだ。

「シオンが怖いからリラが埋まっちゃったじゃない」

「怖い？　どこが？」

「自覚がないわけ？」

「僕はいつでも笑顔だと思うけどな」

ジトッとした目で見るクルミ。

その笑顔こそがなにより怖いのだ。

リラが可哀想なので上から土をかけて埋めてやると、花だけが地面から出てぴょこぴょこ揺れている。

この花、どうやらリラの感情で色が変わるらしく、先程まで真っ青だったのが、段々水色に薄くなっていく。

どうやら土に埋まって気分が落ち着いてきたらしい。

「また来るわね、リラ」

そう言うと、花の色が黄色に変わった。

これは嬉しいととっていいのだろうか、未だによく分からない。

「用がすんだなら一緒に来てくれるかい？」

「どうしたの？」

「いいから、おいで」

さりげなくクルミの手を取り、歩き出すシオンの後に付いていく。

そこはクルミの部屋の隣の部屋の扉だ。

そこを開けて中に入ると、クルミに与えられた部屋よりはこぢんまりとしていて、壁には大きな棚があり本がぎっしりと詰まっている。

部屋の中心には二人掛けのソファー。

そして、壁側には大きな机と座り心地が良さそうな椅子。それだけの質素な部屋だ。

「何ここ？」

「クルミの研究室かな？」

「えっ？」

「最初に言っていただろう？　三食昼寝付きに、研究三昧させてあげるって」

そう言えばそんなことを言っていたのを思い出す。

「あいにくクルミの研究に何が必要か分からなかったから、必要最低限の物だけ用意させたよ。他に欲しいものがあれば言ってくれれば揃えるからね」

二人掛けのソファーに隣り合って座り、シオンはクルミの顔を覗き込むようにして反応を見る。

クルミはそんなシオンをじっと見つめた。

「私はヤダカインに行きたいって何度も言ってるんだけど」

「それはいつか連れて行ってあげるよ。そもそも、クルミは何をしにヤダカインに行きたいんだい？」

「何をしにって……」

クルミはただ気になっただけだ。前世で自分が最期《さいご》を迎えた地が今どうなっているか。

「ヤダカインの現状を知りたくて……」

「うん。それはいつか連れて行ってあげるって言ってるじゃないか。別に逃げ出す必要はないんじゃないかな？」

「それはそうかもしれないけど……。私は魔女よ。普通は嫌がるものでしょう？　精霊魔法の使えない精霊に嫌われた人間なんて、精霊信仰のある国では異端者扱い。でも、ヤダカインならそんな目で見られることはないわ」

クルミは怖いのだ。また前世のように異端者として、迫害されるのが。

「異端者扱いってのは、クルミが生きていた何千年も前の話だろう？　知らないかな？　今帝国では魔法具を作ってるって」

「聞いたことある」

そんなことをどこかで聞いたが、それがクルミの扱う魔法具と一緒かはまだ調べていなかった。

「帝国で作られている魔法具はヤダカインから伝えられたものだ」

「えっ！　ヤダカインから？」

これにはクルミは目を丸くした。

帝国とヤダカインが繋がっていたとは。

「そうだよ。人間の多い帝国は、他の大国と違って魔法を使える者が圧倒的に少ない。それは国民の暮らしの質に大きな差を与えている。そこで、帝国はヤダカインと協力関係となり、人でも扱える魔法具やその作り方の教えを請《こ》うているんだ。これは僕が皇帝になってから始めた事業だからまだまだ国民に行き渡るほどの魔法具を作れてはいないが、いずれは行き渡るようにして今より生活の質を上げていくつもりだ」

「へぇー」

クルミは感心した。

そして、改めて国民のことを考えているシオンは皇帝なんだと思わされた。

「だから、別にクルミが魔女だからってことで迫害なんてしないよ。というか、させない。それは皇帝としてちゃんとクルミを守ると誓うよ。だから……」

シオンはクルミの手を取った。

「だから、ずっとここにいたらいい。恐れることは全部僕が処理してあげるから」

浮かべたシオンのその微笑みは、悪魔でもないとても穏やかな笑みだった。

まるでクルミの不安を包み込むような優しさがあった。

「どうしてシオンは私にそこまでするの？　確かに魔法具に関しては誰にも負けない自信はあるけど、あれから数千年も経って技術も発達してるはず。他にも役立つ人はいるでしょう？」

するど、シオンは苦笑という珍しい表情をした。

「全然伝わってないみたいだね。かなり分かりやすく言葉にしてたつもりだったんだけど」

「は？」

首を傾げるクルミに、シオンはくすりと笑うと、そっと顔を近付けクルミの唇に口付けを落とした。

「言っただろう。一目惚れだって。こういう意味で側にいてほしいんだよ」

茶目《ちゃめ》っ気《け》たっぷりに片目をつぶるシオンに反して、クルミは顔を真っ赤にしながら口をパクパクと開いたり閉じたりして羞恥《しゅうち》に身悶《みもだ》えた。

「な、なななな」

「僕の気持ちだよ。ごちそうさま」

「ふざけるな〜！」

「今日も仲がよろしいなぁ」

言い合いをする二人を見ながらナズナは羽づくろいに勤《いそ》しむのだった。

番外編

皇帝の初恋

シオンは帝国にとって待ちに待った子だった。

それというのも現在大国四カ国のうちで愛し子がいないのは帝国のみだったからだ。

それ故、愛し子であるシオンの誕生はそれは大いに喜ばれた。それこそ国民全員からの祝福を受けたと言ってもいい。

七番目の男児という、皇帝の椅子からほど遠い、普通ならいてもいなくても困らない皇子だったにもかかわらず、その身は皇帝よりも大事にされた。

望む物は何でも手に入った。ただ一つ、家族の愛情以外のものは……。

皇帝は自分よりも大事にされる我が子に嫉妬し、シオンに目をかけることはなかった。

それは他の皇子達も同じで、自分より下の弟が何よりも優遇されることに面白くないと感じるのは自然な感情だったのかもしれない。

そして母親は皇帝の妃の中で最も地位の低い妃だった。

周りの空気を感じ取り、気配を消し、決して出しゃばらず、静かに宮殿の片隅で暮らしていた。

だが、彼女はそれで満足していた。

皇帝の気まぐれで妃になった下位貴族の出身だった彼女は元々権力欲もなく、華やかな世界を嫌い、静かに過ごすことだけで十分だったのだ。

それが、突然愛し子の母親となってしまった。

他の妃達からの嫉妬の念はすさまじく、けれど大人しい性格の彼女は反抗することもできずに耐えるしかなかった。

いつしかその理不尽な環境を我が子のせいだと思うようになっていった。

元々子育ては宮殿の中でも選《え》りすぐりの女官と乳母《うば》が付けられ、母親の出る幕はなかった。

大事に育てるが故の周囲の配慮は、シオンから母親を閉め出す壁となってしまった。

シオンが気付いた時には母親がシオンの前に姿を見せることはなく、宮殿の片隅で部屋から出ることもなく引きこもっていた。

そして不運だったのは、シオンが普通の子より聡明《そうめい》だったことかもしれない。

与えられるものを与えられるままに与えられ、どんな我が儘も許されて。

普通なら暴君に育ってもおかしくはなかったのに、皇子の中の誰よりも理性的で穏やかな笑みを絶やさない子に育ち、天使のような優しさを見せるその裏では、まったく人を信用していなかった。

自分の周りにいる者は愛し子としての自分を望んでおり、常にご機嫌を伺い、顔色を見て、不自由がないかを神経質なほどに気遣っている。

そこにはシオンを唯一無二《ゆいいつむに》と信奉すると同時に、精霊を怒らせることへの怯えがあった。

おかしな話だ。

崇めていながら恐れているのだから。

だが、愛し子は国すら滅ぼせる力を持っていると知れば、周囲のその反応は仕方がないのだろうと理解する知性をシオンは持っていた。

だが、理解していたからと言って納得していたわけではなかった。

他の皇子が母と笑いながら庭園を歩いている姿がとても眩しく映った。

自分の母は何故自分の側にいないのか。

それを問うても周りは困ったような顔をするだけ。

シオンはこっそりと会いに行った。

母親とはどんなものだろうか。唯一シオンが気を許す幼馴染みのアスターによると、母親とは子を大事にしていて、時に厳しいが温かく優しい人なのだという。

初めの挨拶はなんと言おうか。話したいことがたくさんある。

きっと母親ならば自分の胸の中にくすぶる、どうしようもない虚無感を埋めてくれるのではないかと思ったのだ。

心を弾ませ会いに行った母に向けられたのは……嫌悪。

シオンを見ても優しい笑顔どころか恐怖におののくような眼差しを向けられる。

顔は引き攣り、その手がシオンに触れることは最後までなかった。

期待なんてするものではないと、幼いシオンは諦めを知った。

愛し子だなんて敬《うやま》われても、シオンの心の中にぽっかりと開いた空虚な隙間が消えることはない。

大事にされていても幸せだとは思えなかった。

むしろそのせいでシオンは愛し子に縛られる。

自分は愛し子でしかなく、それ以上でもそれ以下でもない。

周囲が求めるのはシオンという一人の人間ではなく、愛し子なのだと。

それがどうしようもなく笑えて仕方がなかった。

ならば望むものになってやろうと、シオンはまるでお手本のような笑顔を浮かべ、誰にでも公平に接し、国を慮《おもんぱか》り、国民の期待を一身に背負った。

気を許せるのは精霊以外では、ただ一人アスターだけ。

彼だけが本当のシオンを理解してくれ、シオンを普通の人間のように扱ってくれる。

怒鳴って、叱って、喧嘩して、笑って、ふざけ合って。

アスターの前だけではシオンはシオンでいられた。息がしやすかった。

きっと一生この空虚を背負ったままで愛し子として死んでいくのだろうなと、なんの感慨《かんがい》も抱かずに思っていたら、なんと父である皇帝が呆気なく死んだ。

最後までシオンを妬み父親らしいことなど何一つしなかった父親だ、死んだと聞かされても「そうか」としか言わなかった。

次は誰が皇帝になるのだろうかと、特に気にせずにいたら、なんと六人の兄で内乱を起こして国内をぐちゃぐちゃにかき回したあげくに相討ちして亡くなってしまったではないか。

この時ばかりは、普段感情の起伏がほとんどないシオンも呆れと怒りを感じた。

と言うのも、危うくアスターがその争いに巻き込まれそうになったからだ。

シオンを妬みつつも、愛し子の支持を得ようと画策したあげくに、反対勢力に取られまいと殺そうとしたまでは良かった。

シオンには精霊がいるのだから、よほどのことがない限り人間が愛し子をどうにかできるはずがない。

それを分かって、シオンの唯一の弱味と言っていいアスターを人質にしようとしたのだ。

が、同じことを考えていた他の皇子達が争い、殺し合いになり、全員死んだ。

何故こうなったのか、シオンも何度も振り返っても分からない。分からないが、面倒なことになったことだけは分かった。

本来愛し子は政治に関わったりはしない。

それは愛し子が政治を掌握《しょうあく》してしまえば、誰も逆らえなくなってしまい独裁を許してしまうからだ。

わきまえた者ならばいい。だが愚《おろ》かな者が政治を握ってしまえば混乱を起こす。

帝国のような大国の混乱は諸外国にも大きな影響を及ぼすことになると、大国四カ国では愛し子は政治に関わらせないと取り決めがされていた。

だが、今回は不測の事態だった。

なにせ、内乱を起こした六人の皇子それぞれの派閥の主要な家を粛清《しゅくせい》してしまったら、皇帝の血を受け継げる者がシオンしか残らなかったからだ。

これにはさすがのシオンも頭を抱えた。

そして、三カ国の王とシオンでの話し合いで、一時的な措置としてシオンが皇帝に立つことになったのだ。

期限は、シオンの子が成人になるまで。

跡継ぎとなるシオンの子が成人すれば速やかに譲位する。と、霊王国にいる樹の精霊に誓うことで愛し子兼皇帝という存在が誕生したのだった。

それからは寝る暇もない忙しい日々の始まりだ。

六人の皇子が起こした内乱によって国内は荒れており、それらの問題を一つ一つ潰した上で、できるだけシオンが政治に関わりすぎないようにするために皇帝に代わって政治を取り仕切る有能な臣下も見つけなければならない。

目の回るような忙しさ。愛し子として日がな一日を宮殿でのんびりと暮らしていたのが夢のよう。

だが、その忙しさのおかげで余計なことを考えずにすんだ。

それに、愛し子として敬いつつもシオンをシオンとして見てくれる一部の存在と関わることができた。

きっとそれが一番の収穫だったかもしれない。

だが、そうは言ってもシオンは愛し子であり皇帝。

今や帝国内の誰一人逆らえない地位に就《つ》いてしまった。

シオンへの態度や対応がこれまで以上に丁寧になるのは致し方ないことだった。

アスターですら、人前では以前のように気さくに話をすることができなくなってしまった。

皇帝である以上、臣下としてわきまえなくてはいけないからだという。

埋まりかけた穴がまた大きく開いていくようだった。

皇帝として跡継ぎを望まれるシオンの周りには、これまで以上に女性がまとわりつくようになった。

どれもこれも欲望を目に映し、シオンの顔色を窺い、機嫌をとることに必死。

その様子はあまりにも滑稽《こっけい》で、食指《しょくし》が動くことはなかった。

妃を望まれていることは分かるのだが、誰も彼もが皆同じようにしか見えず、とてもじゃないが妃に迎えようと思える人には出会えなかった。

側近が早く妃をと急かしてくるのを、右から左に流して無視していた頃、シオンは出会ったのだ。

それはとある領主の不正を調査する名目で訪れた町でのこと。

『なんか変なのいる～』

「変なの？」

『あれあれ、あの鳥ー』

広場で座り込む少女の肩に止まる一羽の鳥。

「あれがどうしたんだい？　普通の鳥に見えるけど」

『なんか違う』

『うん。生き物のように見えるけど生き物じゃない。変なの～』

「ふむ」

シオンは初めて少女をじっくりと観察した。

どこにでもいる普通の少女。けれど何故だろうか。何かがシオンの琴線《きんせん》に触れた。

少女のことが気になって仕方がなかった。

鳥を調べるという建前で観察していれば、少女はその広場で魔法具を売り始めたではないか。

シオンが皇帝となってから協定を結んだヤダカインの魔女が作る魔法具。

それらは未だ秘匿《ひとく》されていて、作り方を知っているのはごく一部の宮廷お抱えの魔法使いだけだ。

それを破格の値段で売り始めた少女に、シオンの興味はさらに深まる。

「面白い」

あれらの出所がどこか興味を抱いて、精霊に少女のこれまでの軌跡を調べるように頼む。

そうこうしていると、問題の領主がやって来て少女と揉め始め、怪我を負わせてしまった。

広場から消えた少女を慌てて探し始めた。

大雨が降る中、自分はなにをこんなに必死になっているのかと自問自答しながら探し回った末に見つけたのは、猫の姿をした少女だった。

これにはさすがのシオンも呆気にとられたが、その猫の腕にある腕輪を見て納得する。

それと同じ腕輪を竜王国の愛し子が持っていたのを知っていたからだ。

関係があるのかと訝《いぶか》しんだが、それより何より少女の怪我を治療するのが優先だった。

傷の治療をし、眠った猫の姿の少女を優しく撫でてから部屋の外に出ると、調べ終わったらしい精霊達が集まってきていた。

そこで聞いたのは耳を疑う経歴。

クルミという名から、異世界からの転移者ということ。魔法具を作れること。売られそうになり逃げてきたことなど、少女のこれまでのことが話され、気付かぬうちにシオンは笑っていた。

何か楽しいことが起こりそうな、そんな予感がした。

そのままクルミを宮殿に連れて行けば、物珍しそうにキョロキョロとしている。

そんな姿が可愛らしく、シオンは早く本当の少女と話がしたいと思った。

そう思っていたら、傷が治るやクルミは逃げ出した。

まあ、想定内だったので、精霊を配置していたのは正解だった。

絶対に逃がすつもりなどなかった。

そしてようやく人間の姿の少女と対面する。

怯えるようにしながらも強い眼差しでシオンを真っ正面から見つめるその瞳にシオンは囚《とら》われる。

愛し子であるシオンをこんな真っ直ぐな目で見る者は、これまでアスター以外にいなかった。

クルミはシオンが愛し子であることを知っているだろうに、知っていてもなおシオンを愛し子のように扱わなかった。

まるで普通の男と同じように、皇帝の地位すら関係ないというように。

その目には他の者のような媚《こ》びも怯えも畏怖も感じない。

クルミと話していると、シオンは自分が皇帝であることも愛し子であることも忘れたような感覚に陥《おちい》る。

周囲に好意的に見てもらうために意識して浮かべる笑顔ではない。自然と零《こぼ》れる笑みが溢れた。

クルミと話すのは楽しい。

アスターと話すのも楽しいが、それとは少し違う感情。

心の中にあった空虚ななにかが埋まる。

いつまでも自分から逃げ出そうとするクルミが面白く、そして同時に面白くない。

いつまでも側にいてほしい。

手放したくない。これが恋だというならきっとそうなのだろう。

愛情なんて知らないし分からなかったシオンにも、愛おしいという気持ちが分かったような気がする。

いつからと問えば、恐らく最初からだったのだろう。

広場でその姿を目にした時から何かが始まっていたのかもしれない。

とりあえずクルミを逃がさないためにはどうすべきか。

クルミは魔法の研究が好きなようだからそこから攻めるかと、シオンの頭の中でクルミを繋ぎとめておくための計画が始まるのだった。

番外編

幼馴染の憂い

アスターは代々帝国に仕える騎士の一族の生まれだ。

父も祖父も、その祖父もまた騎士だった。それ故に、アスターも騎士となるのは決められた未来だったのだ。

アスター自身もそのことを疑問に思うことなく、幼い頃から騎士になるための教育をされていた。

運が良いことに、アスターは人間では数少ない魔力持ちであり、そんな面からも騎士として期待されていた。

幼いながらにマメだらけの手は、アスターが頑張った証だった。

そんなアスターに転機が訪れる。

皇帝にはアスターとも年の近い皇子がいた。

と言っても七番目の皇子。母親の地位も低く、皇帝の椅子からは遠い存在。

貴族の中でも上位にあり、騎士としても信頼の篤い家の生まれであるアスターが仕えるには少々どころではなく物足りない相手だった。

帝国内で有力な貴族の跡取り息子であったアスターが仕えることはないと思われた。だが、何故かその第七皇子の側近にアスターが選ばれたのだ。

何故自分が、と不貞腐れながら対面を果たしたアスターが見たのは、とても美しい幼子と、幼子を取り巻くたくさんの精霊だった。

愛し子だということは子供ながらにすぐに分かった。

四大大国で唯一愛し子がいなかった帝国にとって、待望の愛し子。

それがまさか皇帝の子供の中から産まれるとは、そのことに誰もが喜んだ。

愛し子がどれだけ大事な存在かは、子供であるアスターだって知っている。

そんな愛し子に仕えるのだと父に言われてアスターは感激した。

が、そう思えたのは最初だけだった。

シオンというこの皇子は、天使の皮を被った悪魔だった。

いや、実際には天使だった。アスター以外の者の前では……。

邪気のない笑顔でいたずらを引き起こしては、涙で許しを請う。

その純粋で綺麗な涙に女官達はころりと騙され叱られることなく許されるのだが、アスターはそんな女官の背に向かってニヤリと笑う小悪魔な一面を目にしていた。

シオンは何故かアスターには懐いており、裏の顔を見せる。

特に何かをした覚えはなく、他にも同年代の子がシオンと顔を合わせることもあったが、そんな悪い面を見せるのはアスターにだけだった。

これは気を許してくれているんだと思うことにした。

誰の前でも賢く要領の良い子。というのがシオンへの印象だ。

けれど、気付く。

常に人に囲まれ、大事にされ、国民からも愛されているシオンは誰一人信用していないと。

そして、時々、他の皇子が母と一緒にいるのを羨ましそうにしているのを。

シオンは孤独だった。

周りにはたくさんの人がいるのに、シオンは一人だった。

それは父親でさえも。

皇族一家が集まる場でアスターが見たのは、血の繋がった家族から存在を無視されたように扱われるシオンの姿だった。

他の皇子が母親の隣で父親と話す中、母親は離宮に引き籠り父親に話を振ってもらえないシオンは、それでも笑顔を絶やさなかった。

作られた笑顔。偽物の仮面。笑っているのに笑っていない。冷めた眼差しの中にある悲しみが見えた気がした。まだ子供のシオンがしていい表情ではない。

その表情を見て、普段シオンがアスターに見せている顔がいかに無邪気で心からの笑顔かがよく分かった。

「アスター、お前はあの方のいる壁の向こう側で支えていけるか？」

ちゃんとシオンのことを理解していた父親の問いに、アスターは考えるより先に即答していた。

「やってやる」

それは、その誓いはシオンが知らないアスターの誓い。心許せる者のいない彼の心許せる存在になろうと。

それからはまるで友のように、時には兄のようにシオンと接した。

シオンも何か感じるものがあったのかもしれない。これまで以上にアスターを側においた。

そして側にいる時間が多くなったからこそ、さらに感じるシオンの孤独。

シオンの側にはたくさんの人がいてご機嫌を伺っているが、果たしてこの中の何人がシオンをシオンとして見ているだろうか。

シオンの側にはシオンを愛し子として扱う者ばかり。誰もシオンを見ていない。

シオンはそれを分かっている。分かっていて周囲の望む愛し子を演じていた。

本当なら母親がシオンの心に寄り添っていたら良かったのだが。

そんな寂しさの裏返しなのだろうか。シオンはたくさんの動物に興味を抱いた。

人間だと余計な欲望が見えてしまうのが嫌だったのかもしれない。

アスターは動物にならシオンも心を許して懐くのではないかと期待した。

けれど、どの動物に対してもシオンが執着を見せることはなかった。

そんな動物達の世話は自然とアスターがするようになり、動物達はそのままアスターが引き取ることになった。

犬やうさぎならばいい。象だとかキリンだとかを飼いたいと言い出した時にはさすがに止めたが、シオンが言うことを聞くはずもなく、シオンに取り入りたい貴族が送ってよこしてきた時には、余計なことをとアスターはその貴族をブラックリストに入れた。

そして案の定、すぐに興味を失ったその子達はアスターの家に引き取られることに。

庶民とは違い、貴族であるアスターの家が大きかったのは幸いだった。

動物達を飼育するだけの財力も土地もあるので困ることはなかった。

だが、さすがに多すぎる。動物園と化した庭を見て、アスターは頼むからこれ以上増やしてくれるなとシオンに懇願した。

そんな子供時代を過ごした二人だが、きっとこの時が何も考えることなく無邪気でいられた幸せな時だったのかもしれない。

皇帝の死。そしてそこから始まる継承争い。内乱。そして立ち上がったシオンによる粛清の嵐。最後にシオンが皇帝に即位。

激動の時だった。たくさんの血が流れた。

けれどシオンは淡々と役目を果たしていった。顔色一つ変えず。

アスターはそんなシオンの様子が、どうしようもなく危ういと感じていた。

そんな時だ、シオンが黒猫を拾ってきたのは。

また我が家の仲間が増えるのかとげんなりしていたアスターだが、なんと予想外にシオンはその黒猫をたいそう可愛がったのだ。

恐らくアスターが知る限りで初めて何かに執着を見せた姿だったろう。

このままこの黒猫がシオンの心に寄り添う存在になればいい。そんなことを思っていたら、黒猫は人間の少女だった。

その時の驚きといったらなかった。

だが、シオンは最初から知っていたようで、その点でもアスターを驚かせた。

シオンが人間……それも年頃の少女に興味を見せたことが意外だったからだ。

なにせシオンは愛し子だけでなく皇帝という肩書きを持つ。それ故に年頃の若い女性からのアプローチは凄く、欲望丸出しの女性達に辟易としていたからだ。

パーティーなどの公式の場に出る時でも、できるだけアスターを側において女性を寄せ付けないようにしていたのだ。

それがどうだろう。とても楽しそうにクルミと話をしている。

その表情は長い付き合いであるアスターだから分かる、心からの本当の笑顔だった。

驚くべきはクルミである。

愛し子である至高の存在として敬われるシオンに対して、まるでそれを感じさせないほどに扱いが雑だった。

きっと他の者が聞いたら阿鼻叫喚《あびきょうかん》するだろうことも平然と口にしている。

だがそんな態度をされていてもシオンは至極楽しそうだったし、クルミと話している時は普通の男に見えた。

愛し子でもない。皇帝でもない。シオンというただの男に。

そこからのシオンはアスターでも不憫に思ってしまうほど徹底的にクルミを囲い込んだ。

小うるさい年頃の娘を持つ貴族にすら認めさせて、クルミを妃にしてしまった時には、こいつだけは敵にすまいと思ってしまうほど鮮やかかつ容赦のない行動だった。

アスターは心の中でクルミに謝りつつも、楽しそうなシオンの顔を見て、このままシオンの側にいてくれることを願った。

ただ、シオンの執着心はアスターの予想以上のもので、クルミに嫌われないかが心配だった。

だがまあ、クルミもなんだかんだ文句を言いつつもシオンとは気が合っているのではないかとアスターは思っている。

とりあえずは、近くで二人を見守ろう。

「オカーン！　シオンがぁぁぁ」

「あー、はいはい。またクルミは……。今度は何をされたんだ？」

「ひどいなあ。私は可愛がっていただけだよ」

「お前もやりすぎるなよ、シオン」

「そんなこと言って、ほんとにアスターはお母さんみたいだね」

「オカンはオカンですから」

「オカンは止めろと言ってるだろう！」

クルミが来て一気に騒がしくなった日常。アスターはこの三人でいる時間をとても好ましく思っていた。

できることならこの時間が続いてほしいと願った。

シリーズ
大好評
発売中!!

竜王国を舞台に

白猫と人間、
二つの姿を使い分け、
異世界生活を満喫中！

精霊と魔法の
王道異世界
ファンタジー
復讐を誓った
白猫《しろねこ》は
竜王の膝の上で
惰眠をむさぼる
クレハ
illustration ヤミーゴ
私……白猫に
なっちゃった!?

アリアンローズ既刊好評発売中!!

最新刊行作品

騎士団の金庫番 ①〜②
〜元経理OLの私、騎士団のお財布を握ることになりました〜
著／飛野 猶　イラスト／風ことら

ようこそ、癒しのモフカフェへ！ ①〜②
〜マスターは転生した召喚師〜
著／紫水ゆきこ　イラスト／こよいみつき

身代わり伯爵令嬢だけれど、婚約者代理はご勘弁！ ①〜②
著／江本マシメサ　イラスト／鈴ノ助

婚約破棄をした令嬢は我慢を止めました ①〜②
著／棗　イラスト／萩原 凛

二人のライバル令嬢のうち〝ハズレ令嬢〟に転生したようです。
〜前世は病弱でしたが、癒しの魔法で今度は私が助けます！〜
著／木村 巴　イラスト／羽公

転生令嬢、今世は愛する妹のために捧げますっ！ ①
著／遊森謡子　イラスト／hi8mugi

ぬりかべ令嬢、嫁いだ先で幸せになる ①
著／デコスケ　イラスト／封宝

裏切られた黒猫は幸せな魔法具ライフを目指したい ①
著／クレハ　イラスト／ヤミーゴ

コミカライズ作品

悪役令嬢後宮物語 全8巻
著／涼風　イラスト／鈴ノ助

誰かこの状況を説明してください！ ①〜⑨
著／徒然花　イラスト／萩原 凛

魔導師は平凡を望む ①〜㉗
著／広瀬 煉　イラスト／⑪

ヤンデレ系乙女ゲーの世界に転生してしまったようです 全4巻
著／花木もみじ　イラスト／シキユリ

転生王女は今日も旗を叩き折る ①〜⑥
著／ビス　イラスト／雪子

お前みたいなヒロインがいてたまるか！ 全4巻
著／白猫　イラスト／gamu

侯爵令嬢は手駒を演じる 全4巻
著／橘 千秋　イラスト／蒼崎 律

復讐を誓った白猫は竜王の膝の上で惰眠をむさぼる ①〜⑥
著／クレハ　イラスト／ヤミーゴ

悪役令嬢の取り巻きやめようと思います 全4巻
著／星窓ぽんきち　イラスト／加藤絵理子

乙女ゲーム六周目、オートモードが切れました。 全3巻
著／空谷玲奈　イラスト／双葉はづき

起きたら20年後なんですけど！ 全2巻
〜悪役令嬢のその後のその後〜
著／遠野九重　イラスト／珠梨やすゆき

平和的ダンジョン生活。 全3巻
著／広瀬 煉　イラスト／⑪

転生しまして、現在は侍女でございます。 ①〜⑦
著／玉響なつめ　イラスト／仁藤あかね

自称平凡な魔法使いのおしごと事情 シリーズ
著／橘 千秋　イラスト／えいひ

聖女になるので二度目の人生は勝手にさせてもらいます 全3巻
著／新山サホ　イラスト／羽公

魔法世界の受付嬢になりたいです 全3巻
著／まこ　イラスト／まろ

異世界でのんびり癒し手はじめます 全4巻
〜毒にも薬にもならないから転生したお話〜
著／カヤ　イラスト／麻先みち

冒険者の服、作ります！ ①〜③
〜異世界ではじめるデザイナー生活〜
著／甘沢林檎　イラスト／ゆき哉

妖精印の薬屋さん ①〜③
※3巻は電子版のみ発売中
著／藤野　イラスト／ヤミーゴ

どうも、悪役にされた令嬢ですけれど 全2巻
著／佐槻奏多　イラスト／八美☆わん

脇役令嬢に転生しましたがシナリオ通りにはいかせません！ ①〜②
著／柏てん　イラスト／朝日川日和

王子様なんて、こっちから願い下げですわ！ ①〜②
〜追放された元悪役令嬢、魔法の力で見返します〜
著／柏てん　イラスト／御子柴リョウ

その他のアリアンローズ作品は **https://arianrose.jp/**

裏切られた黒猫は幸せな魔法具ライフを目指したい　1

＊本作は「小説家になろう」(https://syosetu.com/) に掲載されていた作品を、大幅に加筆修正したものとなります。
＊この作品はフィクションです。実在の人物・団体・事件・地名・名称等とは一切関係ありません。

2021年8月20日　第一刷発行

著者 …………………………………… クレハ

イラスト …………………………………… ヤミーゴ
発行者 …………………………………… 辻 政英
発行所 ………………… 株式会社フロンティアワークス
〒170-0013　東京都豊島区東池袋 3-22-17
東池袋セントラルプレイス 5F
営業　TEL 03-5957-1030　FAX 03-5957-1533
アリアンローズ公式サイト　https://arianrose.jp/
装丁デザイン ………………… ウエダデザイン室
印刷所 ………………… シナノ書籍印刷株式会社